豆瓣阅读

追逐太阳的男人

翼走 著

東方出版社

图书在版编目（CIP）数据

追逐太阳的男人 / 翼走 著 . — 北京 : 东方出版社 , 2018.3
（豆瓣科幻系列）
ISBN 978-7-5207-0049-8

Ⅰ . ①追… Ⅱ . ①翼… Ⅲ . ①科学幻想小说－小说集－中国－当代 Ⅳ . ① I247.7

中国版本图书馆 CIP 数据核字（2017）第 312585 号

追逐太阳的男人
（ZHUIZHU TAIYANG DE NANREN）

作　　者：翼　走
出版统筹：吴玉萍
责任编辑：罗佐欧
特约编辑：邹　熙
出　　版：东方出版社
发　　行：人民东方出版传媒有限公司
地　　址：北京市东城区东四十条 113 号
邮　　编：100007
印　　刷：北京文昌阁彩色印刷有限责任公司
版　　次：2018 年 3 月第 1 版
印　　次：2018 年 3 月第 1 次印刷
开　　本：787 毫米 ×1092 毫米 1/32 开
印　　张：7.125
字　　数：136 千字
书　　号：ISBN 978-7-5207-0049-8
定　　价：34.00 元
发行电话：（010）85924663 85924644 85924641

/ 总序：中国科幻的新起点

韩 松

方舟文库的科幻系列中，第一个吸引我的作者是双翅目。2017 年，我与她在一场科幻活动中相识，那时我首次看到她的作品，惊为天人，后来又陆续看了她另外一些作品，成为她的粉丝。以前我评论刘慈欣的《三体》，说《三体》把我们写的科幻碾得粉碎，如今看双翅目的科幻，又有了这种感觉。我觉得她的一些作品担当得起“伟大”这样的词。她的小说像迷宫一样让人深深陷入。读完后我头脑里翻腾着星星般的无数想法，却始终无法整理出完整的语言来归纳。它们是太可言说了，却又充满无尽的解释，阅读的愉悦和绝望同时升起。后来又看到翼走的小说，同样深感震撼，佩服不已。为拥有这样的作者和作品的一套书写序，我感到十分荣幸。

我觉得中国科幻可以分为两个流派。不是硬科幻和软科幻，而是模仿西方、向西方科幻致敬的流派，和拥有更多本土价值、个人趣味的流派。我们这一批二十世纪九十年代成长起来的作者，有时被称作所谓的“新生代”，其实主要还是在做第一种科幻，在模仿，在向黄金时代的西方大师们学习，从主题立意到内容风格，都明显有这样的痕迹。有时写出了一些较有影响的作品，其实也都不离这个路数。但是新的一代人，比如方舟文库的年轻科幻作者们，我觉得很难归类。他们的出现代表了一种新样式的冲击，更有自己的东西。我觉得这可能就是中国现代科幻真正的新起点，而之前的科幻多少有那么一点“前现代”。

这批新作者风格奇异，很个人化，跨界感突出。双翅目擅长哲学思辨和技术反思，能够把各种学科的奇思妙想无缝衔接在一起，成为一件美妙的艺术品。翼走擅长用故事打动人心，把科幻最浪漫的一面带给读者。武夫刚注重制造冲突，体现科幻小说所具有的社会介入价值和思想实验价值。石黑曜的幻想作品，在冷漠荒芜的外表下藏着乐观与对生命本身的热爱……

在他们的作品里看不到太多传统的主题和画面，却能把传统的元素推入新的境界。比如读到双翅目的《公鸡王子》，你会想“机器人”这个写烂的题材，竟然还可以这样写！比如读到翼走的《追逐太阳的男人》，你会想“时间”这个写烂的题材，竟然还可以这样写！他们写的是真正的科幻。他们追求不羁的想象力和严格的科学背景，却不再拘泥于软硬科幻之分，挥洒自如，转换灵动。他们追求文字的繁复精妙，更关注人的内心、人的命运，以及人在政治、经济和技术大背景下的悲欢离合。

从他们的文风和表达中看不出作者的性别。他们探讨的问题相当前沿和先锋，涉及深层的精神世界和认知领域，触及人的灵魂，创造了一些全新的艺术形象。他们不再仅仅是写一个点子，而是在自酿一种趣味，写自己思考或玩味中的东西，品味人类心灵的深邃、复杂与别致。他们的作品更有艺术性，更有美感，甚至带有宗教感。这是从模仿世界到拥有世界的转变，或许这就是中国的新浪潮。他们让我重新看到了阅读科幻的意义，那就是可以借此与人类中伟大的天才相遇，与那些远远超越你我的大脑相遇。不，这些作者或许甚至不是人类，而是从未来或者天外驾临的访客——看看他们给自己起的名字吧！

我很羡慕这些作者的成长环境。从前整个中国就只有一家《科幻世界》，现在有了多种多样的专业写作平台，让科幻爱好者可以尽情释放写作才华，在丰富多样的环境中展开脑力激荡。豆瓣阅读征文大赛、科幻文汇征文大赛、银河奖、星云奖，还有蝌蚪五线谱“光年奖”、晨星晋康奖等，给他们带来更多崭露头角的机会。豆瓣阅读征文大赛现在设有专门的科幻类型组别，每一次赛事奖项的出炉，都意味着一大批青年科幻写作者脱颖而出。我为科幻骄傲，也为发掘和推出这些优秀作者和作品的人和机构骄傲。这次豆瓣阅读推出的科幻系列，是中国科幻向多元化发展的证明。在如今的中国，能够有那么多的社会力量参与到科幻创造中来，是很了不起的。科幻则借此进一步拓展它的空间，激励探索和冒险精神，增加新的审美体验，创造未来和新世界。我把这视作民族的盛事,但更是写作者个人的幸事。

这个系列中还有一些西方科幻的佳作，既有新人和新风格，也有一些重量级的人物和获奖作品。其中包括荷兰近年的科幻新星托马斯·赫维尔特的短篇集、《时间回旋》的作者罗伯特·威尔森的一部新作，以及写出“西班牙乞丐”三部曲的科幻元老南希·克雷斯的作品集等。我把它们看作一个标尺或一面镜子，来对比或映射我们中国科幻如今的发展进程。

2018 年是世界现代科幻诞生二百周年。中国在此时迎来了一次本土科幻的爆发，这在我们的现代文明史上，无疑刻写着极其重要的意义。

/ 推荐序：你来人间一趟，你要看看太阳

夏 茄

还记得高三那年，学校发给我们每个毕业生一本日历，发黄的廉价纸页上用红黑油墨印有日期、某种口服液的广告语，以及一句“离高考还有 XX 天”的提示。不知从什么时候开始，我会每天撕下一页，在背面空白处用铅笔画一幅漫画，画完后便藏进课桌抽屉里摞成一叠。又不知从什么时候开始，每天早上来到学校后，我都会在前一天撕下的日历另一面发现一幅新的画。

那时候我上的是理科实验班，班上同学大多是从十里八乡考来的学霸，且以男生为主。他们都住学校宿舍，晚上吃过饭后会在教室里上自习。画画的同学多半是机缘巧合坐了我的位置，发现了我的小秘密，也忍不住留下几笔。我画的都是些姿态各异的少女，他画的则是剑士、装甲与巨龙。二者画风迥异，却又隐约有某种对话关系。

这段经历并没有发展为一个浪漫的爱情故事，却依旧是难

忘的记忆。多年后再看那些小心保存下来的纸页，感觉熟悉而又陌生，仿佛考古学家审视史前洞穴中留下的壁画，试图破译其中传递的信息。那时候我们的确像生活在暗无天日的洞穴中，对外面广大的世界所知甚少，也无法想象未来将会怎样。我们无法从成年人的角度去把握支配这个社会运转的种种规则，更难以理解电视新闻里报道的那些重大事件会如何影响每个普通人的衣食住行。我们所能追求的，不过是一点点偏离正轨之外的、别样的东西，但这样微不足道的小小抗争，是否有可能真正在黑暗的石壁上凿一个洞、透一点光？

按照时下流行的青春故事套路，答案必然是否定的。故事主人公只能在迈入中年之际蓦然回首，带着几分自怜自伤，甚至几分自恋与自得之情，对年少时那些荒唐胡闹唏嘘玩味一番，然后心安理得继续过自己不算好也不算坏的小日子。这样的故事往往很煽情，却也显得犬儒。世间事大抵如此，不服又能怎样。对待人生，好像能说的也就是这些。

《追逐太阳的男人》最初的灵感，或许也来自类似的青春情结，但作者似乎从一开始就下定决心，不管整个故事基调有多么沉郁，都要在结尾处打破黑暗，放一道光进来。也似乎唯有在科幻故事的逻辑中，这样的结局才显得合情合理。因为科幻总告诉我们，世间事并非从来如此，总有变革的可能性，总会有人不服，会有人在追寻光明的漫漫长路上求索，会有志同道合的伙伴彼此相遇，携手前行。科幻的边缘和小众，或许正与这种特质有些关系，而它最浪漫动人之处也由此而来。

小说中的世界设定，会让人想起近年来的几部科幻电影：《时间规划局》（*In Time, 2011*），《逆世界》（*Upside Down, 2012*），《太空旅客》（*Passengers, 2016*）。不可逾越的阶级鸿沟、日益紧缺的生存资源，以及迫在眉睫的末日危机，说到底，这不过是我们早已熟知却又无可奈何的社会现实。但与好莱坞科幻片中“草根男追白富美”的套路不同，在《追逐太阳的男人》中，主人公的人生际遇和心路历程更具有中国特色，也更有一份清醒的悲凉意味。单凭个人奋斗往上爬是不可能的，并且也是无意义的。真正的自由与解放的希望不在这些兢兢业业地计算和修补系统的“有用者”身上，而只可能来自那些系统之外的“拾荒者”。从这个角度来看，男主角与两位女性之间的情感线，就不仅仅是“傻白甜”与“恶毒女配”二者择其一的俗套，而真正体现出难能可贵的抵抗与革命姿态。

海子曾在诗里写道：“你来人间一趟，你要看看太阳。和你的心上人，一起走在街上。”这不是什么岁月静好式的浪漫，而需要一种以命相搏、置之死地而后生的觉悟。

除了《追逐太阳的男人》之外，这本选集里还收录了主题与风格各不相同的几个故事。《自由日》讲述了三个身无所长的小人物如何被困在永恒的一天里，又如何想尽一切办法逃离，字里行间写满荒诞；《我与双生少女的末日时光》令人想起《最终兵器彼女》，算是治愈向的世界系故事；《乐园之毒》是一则关于文明的寓言，生存与进化的代价，本身正是当代中国科幻中反复出现的主题；《二重心音》则是关于宿命和如何打破宿命的残酷青春故事，读来略有几分虚渊玄的味道。

读翼走的作品时，我时常会想起其他一些近年来新涌现的青年作家。他们都具有流畅而娴熟的讲故事能力，善于吸收化用各种幻想元素（特别是影视、日系轻小说和 ACG 作品），而不仅仅局限于某几本“科幻正典”。他们吸引了更多的读者，带来更加多元化的阅读期待与批评标准，也为当代中国科幻的版图开拓出更多模糊地带。对于这种模糊，不同读者和批评者的态度可能千差万别。有时候我也忍不住会想：科幻写作对于他们来说究竟意味着什么？与其他类型间是否存在区别？辨析这些问题又究竟有何意义？转念再一想，许多年前自己刚开始发表作品时，面对的不正是同样的疑问吗？那时候其实并没有任何头绪，只能按照自己喜欢的方式，写一篇算一篇。但写着写着，我却不知不觉将这些问题带入自己的写作中，并逐渐形成自己的立场和思路，形成对“何谓科幻”与“中国科幻何为”的独特理解。

或许一切与写作有关的问题，都需要在写作自身中寻找答案。因此我对翼走和其他新人作家们今后的创作充满期待。既然时间足够，总会有人在漫漫长路上求索，会有志同道合的伙伴彼此相遇，携手前行。无论前路如何，这过程本身已足够浪漫。

2017 年 9 月 12 日

/ 追逐太阳的男人

一

时间已经不多了。我夜晚的同桌。

安全通道门上的一盏白灯，照亮了晚久蜷缩的身形，以及他苍白手指拂过的纸面。微皱的纸张，欢快轻跳的清秀字迹。

老师经常这么说，然而我直到现在才领悟这句话的意思。我简直不能相信我们已经要毕业了，开学时在课桌里偷偷塞进纸条好像还是昨天的事。我仍能记得那天躺进睡眠舱时心脏在咚咚直跳，对看到回复的期待，甚至超过了希望看到第二天的太阳。你是知道我有多喜欢白天的。

晚久深黑的眼睛里浮现出怀念的神色。

当初他看到纸条，小心翼翼地伸出手向抽屉里摸索，感觉就像把手探进不明底细的海底洞穴，里面正潜伏着瞳孔充血的海鳗。很长一段时间里，他都有些惴惴不安，生怕突然有黑色衣服的执法者从阴影里冒出来，宣判他触犯了某种未曾诉诸文字的古老禁忌。

这种担忧，只持续到他发现日夜学生间的交流并非受到制约，而单纯只是无人关心。一方活动时，另一方就必须沉睡。对于彼此来说，对方和不存在无异。

我喜欢在清晨观赏蒲公英开花的模样，喜欢在午后悠闲地晒太阳，还喜欢在天台上看夕阳一点点把城市远端的高塔染成红色。一想到成为八小时人后，这么美妙的白天就将减少掉三分之二，我就觉得快熬不下去了。唉，和你说这个你也不会懂的。

晚久微侧脑袋，眼神淡淡地浮起一丝困惑的歉意，就像是不知自己为何受人责备的动物的神情。同桌的一张张纸条，令他对白昼的理解比夜晚的任何人都多，但不理解的部分也变得更多。

他尤其不理解何为太阳，不理解同桌为何如此热爱太阳和白昼。

他知道白天时课桌的一角会被阳光晒得滚烫，知道透过紧闭的眼皮望向天空会看到一片橘红，知道冬日午后晒太阳会像被人温暖地拥抱。然而，他并非想看同桌写下这些在书本上也能读到的文字，而是想知道某种更触及实质的答案。最终，双方都认识到语言无法传达这个答案。

这几天，我突然想起了以前讨论过的妄想。那是你先说起的，还是我？你还记得吗？不管是谁，当时我们都没把这件事当真。之后会讨论好久，恐怕也是开玩笑的成分多些。现在，我们的时间不多了，我却突然想试试实现它。

留言只剩下最后一行，忽然起了一阵狂风，纸页宛如惊起的飞鸟般蹿出晚久的手心。他下意识地伸手去抓，却又生生地停住，惋惜地目送它融入无尽的夜空。在这一百一十三层的外墙平台上，地面遥远得仿佛幽暗的神话，做任何动作都宛如踩着不容损坏的蛋壳。

纵然没了纸条，但这些天的反复阅读，早将上面的每个字深深地印进他心中。

夜晚的同桌，来和我一起看太阳吧。

现在的时间是早上六点半。

往常这个时候，晚久已经完成一天的主要活动，在睡眠舱里看书或和室友闲聊。身体内部的纳米机器人开始释放无副作用的抑制剂。在接下来的时间里，倦意会慢慢加深，宛如藤蔓缓缓攀上脚踝。

同一时刻，他白天的同桌应该正在睡眠舱里，身体内的纳米机器人释放出激活剂。血液加速，体温升高。睫毛微微颤动，让牵挂的面容和天空一起进入梦中。

七点整一到，不会多一秒，不会少一秒，晚久体内的抑制剂完全起效，书本会从手边滑落，聊天也会戛然中止。舱盖合上，他陷入死亡般的沉睡，以最低限度的消耗度过整整十二个小时。与此同时，他的同桌也会被同样无法抗拒的力量从睡梦中捞出来，精神抖擞地迎接新一天的太阳。

十二小时后，他们的处境就会逆转。白天的同桌再度回到睡眠舱里，晚久则重新开始活跃。所有的学生，以及这个城市里的所有人都大体如此。当人口大过了资源的承受能力，为了满足所有人的生存权利，人们不得不轮流活动，周而复始，一如齿轮的运行。他和同桌就因为轮流使用同一张课桌而结识。

白昼最漫长的那天，七点零五分左右才度过黎明前的黑暗，夜幕降临于下午六点半之前。晚久十八年的人生，一直是在太阳落下之后到升起之前度过的。

晚久和白天的同桌很早前就达成了共识，黄昏过于遥远，拂晓才应该是他们努力的目标。

为此，今日结束毕业典礼后，他拒绝了同学聚会的邀请，偷偷溜到了他不该涉足的学校区域最高层。要不是实在没有权限乘坐某些电梯，他还会尝试去更高的楼层。越高的地方就能越早看到日出，哪怕只能提早一秒，受罚也值得。

然而，再高也无法将他与太阳的距离拉近五分钟。在这里等待日出的第二个理由是，此处已是他离自己的睡眠舱最远的地方了。

每个人都理当在一天将尽时躺进睡眠舱，然而，有时难免会有些意外。纳米机器人会定位当前位置与睡眠舱的距离，如果一时半会儿难以赶到，它们将减少抑制剂的释放，仅以轻微的倦意提醒主人，而不会过度影响行动能力。

那么，当距离远到一定程度，是不是连释放时间也会推迟？

没人知道。

六点四十五分，晚久深深呼吸微凉的空气，在心里默算了一道方程式，精力旺盛得如同在午夜十二点，与用疼痛或是提神的饮料来阻拦睡意时的感觉完全不同。

他静静地松了一口气。

在这仅有的机会中证实猜测，诚然是个好兆头。然而，真正的考验还在后面。七点一到，不管他身在何处，纳米机器人肯定会以令他入眠为第一优先，最大限度地释放抑制剂。

他只祈求自己到时能坚持五分钟清醒。

三分钟也好。

大楼的灯光开始熄灭了。

这是晚久头一次目睹城市迎接黎明的模样。

在他的印象里，整座城市永远是灯火通明，林立着无数直达天穹的超高层建筑，如同一条条在深海中发出炫目光芒的怪鱼。每一栋建筑都是一座微缩的城镇，一个自给自足的生态圈。

最早关灯的是学园区域，完成一整天的课程后，教室于黑暗中等待日间学生的到来。随后，生产区域的工人完成了今日的任务，把下一批任务留待白天完成。居民匆匆完成采购和恋恋不舍地结束娱乐后，商业休闲区域也将悉数关闭。等到七点，所有的生活区域都将熄灯。

据说，只有最顶层的精英区和最底层的能源中心是例外。然而，前者远在厚实的云层之上，后者则深埋在地下。晚久不清楚它们的情况，看不见它们的存在。

整座城市的光芒在他的视野中逐渐黯淡，仿佛一头巨兽缓缓闭上眼睛。那一刻，晚久突然有种错觉，这座城市正在死去，就和居住在其中的人们一样，黑夜的城市用死亡般的长眠来换取白昼的复苏。反之，白昼的城市同样放弃了自己的生存，唤醒了黑夜的自己。

晚久被这场面震动了，如果说世间的一切都要历经这样的日夜轮回，自己真的有办法抵抗这种规律吗？

理智地说，不论成功率是多少，他都不该来。

年幼时，晚久不只一次听说过有关未归舱者下场的都市传说。故事中，那些因为各种原因没有回到睡眠舱的居民，有些从此消失在众人的视线里，又有些在完全陌生的日间世界受尽了折磨，还有些经历千辛万苦地熬到了夜晚降临，然而睡眠舱重新打开后，里面却已经躺着另一个自己。

这些自然都是吓唬小孩的故事，但未归舱的惩罚是真实存在的。不在睡眠舱里睡觉对身体健康不利不说，系统只要监测到睡眠舱被空置，还会派出回收者来寻找失散在外的居民。就算能看到日出，被抓到后的最轻处罚也是在半年里每天减少一个小时的活动时间。

可他还是来了。

六点五十九分，一股剧烈的倦意瞬间席卷全身，一双眼皮顿时沉重得如同各被一头大象在拉扯，险些让他直接落下平台。

他当即用力咬住舌头，想借痛感来对抗睡意，然而却觉得自己在嚼着一块软木。他不能确定是自己困得失去了痛觉，还是压根无力合紧牙齿。

他想着各种乱七八糟的事情，竭力撑开眼皮望向日出的方向。好像只过了几秒钟，又好像过了几个世纪。迟迟不见天际浮现一丝光亮，反而是整个城市熄灭了所有的光亮，只剩月亮静静照亮黑沉沉的高楼。

身旁的安全门被粗鲁地敲响了。

传说中的回收者比想象中来得更快了一点，只能寄希望于紧锁的门能够多抵挡片刻。

有某个刹那，晚久以为自己看到了日出，旋即发现这只是自己的梦境。纷乱的梦，不由分说地涌入晚久的脑袋。半梦半醒间，无数恍惚的经历从他眼前晃过。在梦里，他有些诧异，这些记忆几乎都与白天的同桌及太阳有关。

每次同桌给他留信时，总会将纸页在太阳下晒得发热。他拿到手中自然早已冷透，然而凑在鼻尖闻时，总能闻到一些奇妙的香味。那大概就是阳光的味道。

听闻课桌的一角会在白天被晒得滚烫，他也试过将手掌按在那部分。尽管此时桌上的热度已经散入夜风，但想到同桌曾将手放在那里确认过阳光的分量，他还是能够感觉到掌心传来某种难言的热度。

在同桌的形容中，太阳就像是一颗烂熟的果实，轻轻咬破它，日出的光芒便会像鲜红的汁液般溢出来。而有时同桌又会将日出描述成一场盛大的交响乐，或者一个破碎的鸡蛋。最后，晚久发现太阳和日出该是什么模样，全看同桌当时的心情。

不知不觉间，太阳已经成为他生活中真实的一部分，比他度过的每一个夜晚更真实。就算最终要落得受罚，至少也要看一眼太阳。

这种不服输的心情在这一刻战胜了倦意，让他的五感重新敏锐起来。

晚久听到了某种声音。

无边的寂静吞噬了一切，随即又有窸窸窣窣的声响，那是正在苏醒的日间居民的声音，也仿佛有某种压倒性的巨物将从黑暗中耸起身体。

他心中有某种预感：这就是日出的声音。体内的睡意也前所未有地高涨，像是要竭力阻止夜间的居民看到不属于他的世界的景象。

安全门又猛烈地响了起来，一个声音在门另一侧大喊：“晚上的同桌，是你在外面吗？”

对了，晚久恍然想起来了，同桌所说的是一起看太阳。

那一瞬间，他仿佛看到同桌躲开回收者，独自一人沉睡在某个黑暗角落里，苏醒后的第一时间赶到他的身边。他有无数的话想对这位素未谋面的同桌说，却发不出一丝声音，更抬不起一根手指去开门。

门后的声息停了一下，对方似乎猜到了晚久的处境，一脚将安全门踹开。

天地间那股宏大的气氛已经积蓄到了最高点，只差一刹那，天边就会绽放一丝光亮。与此同时，一只小麦肤色的手臂扶住门框，已经可以感觉到空气被将要探身而出的人扰动。

晚久却只剩下看一眼的时间了。在这个白昼他所能投出的最后一眼，要么看这一生或许都没机会看到的日出，要么看这一生或许都没机会相遇的同桌，只能选择其一。

此时的意识已经被睡意夺走大半，昏昏沉沉间他本能地做出反应，下意识地将眼珠转向某个方向。然而，视线的移动却迟钝得仿佛陷入了流沙。他不知道自己想看什么，也不知道有没有看到。

旋即，仿佛有谁猝然夺走了他眼前的一切。

一片黑暗。

二

26345、26346、26347……

时间计数一秒秒累积着。

五步可以走尽的房间中，只有晚久一个人。他端正地坐在一张白色的椅子上，身前是一个带有三角形钥匙孔的控制台。正对面，折线、图表和时刻变换的柱状图，填满了一块黑板大小的屏幕。他的视线凝滞在上面，良久不动的眼珠上映着不时闪烁的灯光，仿佛刷着亮漆的木偶。

当某条折线、图表或是柱状图表现出了不寻常的波动，他会顿时如同被魔法赋予了生命力，目光倏地掠到异常之处，手指微微绷紧，心中默默背诵熟记的操作守则。守则包含十六个操作步骤，其间需要输入三次密码，进行六次验证，必须保证在两分钟内完成。总结下来就是一句话，用钥匙重启系统。

幸好，这次的波动很快恢复了正常。然而，晚久的目光却仍牢牢盯着那里不动，神情就像误闯熊穴的人蹑手蹑脚地离开冬眠的巨熊。直到确信平安无事，他才重新成为木头人。

在能源中心第四炉第 0423 号闸口控制室里及时重启崩溃的系统。这就是晚久的全部工作，是他人生价值的全部体现。

在这里工作了一年，晚久才真正体会到这座城市的运作有多么捉襟见肘。维护人员一直有活可干，能源供应永远不足，控制系统不停在崩溃。就连他这个无关紧要的小闸口，也曾有过接连五次重启系统的经历。

据说，上一个千年里，这个世界远比现在丰饶，无数座城市耸立在大地上，所有人昼夜不休地狂欢，不受活动时间的限制。如今，城市的大部分设施，包括能源中心的核心炉，都是那个时代留下来的。

没有人知道世界是如何变成了现在的模样的，或许正是先人的毫无节制，才让后代的世界沦落成如此模样。在智能中枢的严密监控下，人们轮流生活，变相地提高了城市的承载能力。

每个人一天能够苏醒多少时间，全由他们的价值决定。能够为城市创造出越多价值的人，理所当然就能有更多的活动时间。而创造价值较少的人，就必须为价值高的人让出时间，在沉睡中度过一天的大部分时间。

在学生时期，每个人的潜力都是相同的，系统公平地给予所有人提升自己价值的时间。每一个学习阶段结束，无法合格进入下一个阶段的人就必须在工作中证明自己的价值。一个人被分配到的工作是否容易创造出价值，很大程度决定了他将来的生存时间是减少还是增加。

晚久现在的工作枯燥重复，难以创造出价值，若非无法用机器来替代，根本不会派人类来做。

毕业那晚的疯狂举动，恐怕便是他被分配到这里的最大原因。

那天醒来后，他已经身在自己的房间里。问起室友，说是黑色制服的回收者把他像具尸体般扔进门。室友没问缘由，对方也没解释。晚久自己去向系统查询，才发现多出了一次不良记录。他们在哪里发现了他，发现时的情况如何，一概不知。

晚久并不后悔自己的行为，只是有点遗憾。那天，他最终还是没有看到日出，也没有看到白天的同桌。那天之后再没见过。

工作之后，白天的同桌就从他的世界中消失了，比破碎的泡沫更干净。

长久以来，他已经习惯了每天上课前先从抽屉里拿出同桌在几十分钟前留下的信，每天放学时再将写好的回信放在原处，天经地义得如同月亮每天照常挂起。直到毕业，他才发现维系他们之间交流的纽带是如此脆弱，甚至从来不知道彼此的名字。

渐渐地，一切都变得不真实起来。他与日间同桌交流的记忆，被监控屏幕里日复一日跳动的数字慢慢消磨了。或许从一开始就没有白天的同桌，全都是他一个人的自娱自乐，是他把从书本中了解到的白昼用另一种字迹伪装成他人写下的留言，最后入戏太深，连自己都信以为真。

当这个念头从心中浮起时，控制室内的换气扇似乎顿时出了问题。狭小房间内的空气凝滞了，晚久几近无法呼吸。他努力搜刮脑海角落的回忆，如果有什么证据可以证明同桌的真实，只能是在他们近乎接触的那个清晨。

然而他越想越觉得，自己在睡意涌现的那一刻就坠入了黑暗的深渊，之后的一切不过是一场虚假的梦境。

此刻，是否能联络上对方，已经不仅仅关系到晚久能否了解白昼的故事，还关系到他的精神有没有问题。他不敢找任何人帮忙，生怕万一被人发现最糟的真相。

他必须亲自想办法确认同桌是不是真的存在。

电梯的玻璃映着晚久淡色的侧脸，以及他身后挤得满满当当的冷漠麻木的脸。窗外，远处一座座灯火璀璨的高楼，人们生于其中，死于其中，抵达一生中所要去的最远处也不需要花费一小时。

若非万不得已的必要之事，人们轻易不会太远离自己的住所。一天里的每个小时都如此宝贵，不值得空耗在路途上。因此，晚久还是第一次前往中部楼层的大图书馆。

从能源中心的地下居住区到这里，花费了他半个小时，绝大多数的时间都在拥挤的人潮里等待电梯的班次。电梯一到目的地，鱼贯而出的人裹着他踏上吸音的地毯。电梯则急待赶往下个楼层，门合上的速度仿佛想咬断任何来不及收起的手指。

图书馆里人头攒动，却几近悄然无声。神色匆忙的读者，井然有序地挤满了每个书架，宛如等待救济的难民。他们迅速地从合金的书架里依次抽出书本，冷淡的脸上看不出对自己的选择满意还是不满意。

读书是人们最主要的休闲和学习途径，观赏影片对于大多数人来说都太过于奢侈。不仅仅因为播放影片需要有权限申请设备，更重要的是要花费更多的时间。像晚久这样的普通人一个小时可以阅读二十万字的文本，相同的时间却看不完一部电影。

晚久费劲地挤过汹涌的人群，走到查询图书的电脑前，以为自己会排上半天的队，却发现那里根本空无一人。事实上，这里的读者是能够拿到什么书就看什么书，不管是最新出版的廉价冒险小说，还是上个世纪的编程语言教材。

不过也无所谓，晚久并不一定需要借阅，只是需要一些帮 z 助回忆的手段。他不断地往电脑里输着关键字，将自己从小到大读过的图书目录大体上列出来。

晚久对白昼的了解完全来自同桌的信和自己读过的书本，如果信中出现了自己未曾在书上读过的内容，就能证明信并非出自他的手笔。他先画掉了一批内容显然不涉及白昼的书，又过滤掉了一批记忆中无法提供证明的书，最后留下一批需要重点确认的书。

他扫了眼排着长龙的书架，估算了一下需要的排队时间，记录下书目后走向回程的电梯。半路上，眼角的余光瞥到了什么，他下意识地收住了脚步。

在这个建于上一个千年的图书馆里，大厅的一隅似乎曾经常用来举办读书交流的沙龙。如今，柔软的沙发被换成结实的合金书架，地毯也早已经被踩得看不清原本的图案。吸引住晚久的是整面墙的巨大落地窗，窗框上的精细花纹还残留着那个时代的悠闲韵味。

他从人群走到窗边，脑海里突然冒出一个夜间居民不应有的想法：白天，这里的阳光想必会很充足。于是，他将手轻轻地贴在玻璃上，希望多少还有一点白天的热度残留在上面。

理所当然，窗户是冰冷的。

一丝失落划过他的眼眸，旋即，眼帘中又映入了另一样东西，一本挂在窗框角落上的留言本。这也是一项古老的传统，象征意义大过实际用途。这里的所有人都来去匆匆，本就少有人会在上面交流什么读后感，更别提还挂在这种人迹罕至的地方。

晚久随手翻开留言本，里面最近的一条记录还是三年前的，一个人抱怨排队的时间太长。晚久也不知道自己是怎么想的，鬼使神差地提笔在上面留了言。

在这里晒太阳的感觉是怎样的？

写完之后，他自己也觉得像做了件蠢事似的，耸耸肩赶向一部正要到达的电梯。

几天后，晚久第二次前往图书馆。这些天他请教了经常去图书馆的同事，对于电梯的运行规律已经熟悉了许多，只花了二十分钟。不过，节省下来的时间，也在漫长的排队中被吞噬掉了。等他排到，想要的书籍却已经被人借走了。

晚久挤出人群，眼神古怪地看了看自己手中的言情小说，转而走向图书馆的电脑。他想查一下哪些人借走了那本书，以便找他们交换。

路过一排排书架时，他的视线情不自禁地投向了那扇落地窗。留言本依旧挂在窗框边，也许是心理作用，他总觉得有谁动过了它。尽管觉得希望渺茫，他还是走上前去翻了一下。

在他上次留言的下面，多出了一排熟悉的活泼字迹。

在这里，阳光能够一直攀到第五排书架的第二层。如果你运气好能借到这一层的那本黑色书脊的小说，会发现里面夹着一只干枯的蝴蝶，翅膀的颜色是黄昏的橙色，一如此刻夕阳焚烧的城市。好久不见，我晚上的同桌。

“好久不见，我白天的同桌。”他喃喃自语。

通向监控室的路上，来来去去的人一律穿着通身灰白的工作服。或许出于这个原因，晚久工作了一年，想起同事时还是只会想起面目模糊的灰白面具。纵然熟悉，他们之间也甚少会打招呼，这不仅花费自己的时间，也是浪费别人的生命。

以前晚久也是漠然人潮中的一员，但今天他心情不错，停下脚步向几个比较熟悉的面孔打招呼。得到的回复却充满了困惑和匆忙，甚至还有厌烦。这反应迅速浇熄了晚久的热情，他摸摸鼻子，迅速汇入了开工的洪流中。

抵达工作场所，晚久盯了一会儿屏幕，判定那个无关紧要的阀口暂时不会出现异常，从口袋里掏出了一页信。以前，每当他关上监控室的门，都会觉得世界上只剩下他一个人，有种沉入深海的压抑感。但现在，一打开信，他便感觉浮回了水面之上。

晚上的同桌，虽然你在上次留言里说出了名字，但我还是想这样称呼你。

那个清晨发生的事情你没有印象了吗？你躺在那里呼呼大

睡，第一缕阳光正停在你的鼻尖上。我无法摇醒你，只好把你的脑袋对准日出的方向。等到太阳照遍了你的全身，就当作是完成了你我之间的约定。接下来，我把你藏进了我用来过夜的储物柜。想给你留张纸条，却发现你我身上都没纸。我只是离开一会儿去拿下纸笔，回来时却发现你已经不知被谁带走了。

我现在的工作是给高层的一间科研所打扫卫生。以前的朋友听说这里能吃上手工制作的食物，都说我抽到了上上签。不过我更中意这里阳光更丰沛。当然，这里也不是十全十美，图书馆尽收藏些冷冰冰的书。我更喜欢去大图书馆，回回都忍不住在落地窗前晒上好久的太阳，翻翻以前居民的留言。结果，我一眼就认出了你的字！命运真是奇妙！你相信吗？其实我一直预感能够再度遇到你。

时间有限，我暂时写到这里了。我晚上的同桌。如今，只有我会这样呼唤你了吧。也希望你对我继续用以前的称呼，比起使用谁都知道的名字，这样不是更有趣吗？至于我的名字和模样，就留作我们再见面时的惊喜吧。怎么样？

晚久回想自己之前对同桌的怀疑，感觉就像个笑话。夹在书本的蝴蝶，大楼高层的生活，这些都是他不可能知道的。他此刻才明白，正是工作后的日子太过单调乏味，才会将多彩的学生时光衬托得像一个美丽的幻想。

幸好，一切已经回归正轨。

这个城市一切普通个人的通信方式都没有考虑过日夜间交

流的需要。而能够满足他们需要的种种手段和设备，不是时间成本过于高昂，就是凭他们的权限不足以获得。

最终，他们发现，那本无人问津的留言本才是最适合他们的途径。他们用别针把信夹在纸页间，写上编号以便及时察觉有无遗失，三个月里编号已经接近一百。晚久仿佛重新回到了学生时代，每天期待同桌描绘奇妙的日常。

打扫卫生时，让阳光在玻璃试剂瓶间折射。偷偷留下化学试剂浇灌土壤，使花朵开出奇妙的颜色。科研人员总是了不起地绷着脸，负责清洁的主管在他们面前卑躬屈膝，和面对手下清洁员的态度完全不同。

白天的同桌总有种种新奇的经历，相比之下，晚久的生活乏善可陈。

日复一日地独自盯着监视器上的数字，和周围的同事素无来往，也没有谈得来的朋友。他所知的绝大多数人都和他一样，把所有的时间都留给了自己，压根不关心自己以外的世界。

难道太阳下出生的人都像同桌这样生活吗？这种差异已经大到晚久无法理解，让他更加想要看一眼太阳，实现与同桌的约定。

工作后，晚久的活动时间是晚上七点到凌晨三点，而同桌的活动时间是中午十一点到晚上七点。相比已经遥不可及的日出，日落成了唯一选择。

这座建于上个千年的大楼，各种线路埋藏在迷宫般的管道里，其中有些区域的图纸已经失落在历史中。即使是最老练的工人，也不愿贸然钻进那些内部情况不明的管道。因此，有些影响不那么大的损坏便被人长久地忽视，成为卡在喉咙的小小鱼刺。

当晚久走到钉满陈旧悬赏令的任务墙前时，灰白色的人潮罕见地暂停了流动，向他投去不理解的目光。长久积存的任务全位于有丧命危险的区域，系统却仅依照维修作业本身的难度，奖励一两个小时的自由时间。

晚久不在乎被人古怪地打量，他只想知道，黄昏的颜色是否真如那本黑色书脊的小说里所夹的干蝴蝶。

我必须要严厉地斥责你，晚上的同桌。这么有趣的事情，你居然事先完全不露半点口风。下次你如果还要来这么一次冒险，请一定要告诉我。纵然我无法与你同行，至少也可以帮你准备一些科研所里的药品。这样一来，你就不会因为在浊流中游了半小时而感冒了。等你安心养好病，便让我们在夕阳下见面吧。

约定的日子转眼便到了。

晚久从睡眠舱里跃起，第一眼便是望向时钟。下午六点整。他顾不上吃饭，稍微整理了一下仪容，便飞奔出门。整个居住区域回荡着他的脚步，所有夜间的居民此刻还都在沉睡中。

他没有多少时间了。

额外的时间不能随意安插在一天的任何时候，要么排在原本的活动时间段前，要么紧接其后。上司告诉他，虽然规则并不禁止夜间的普通居民去白昼，但也从来没有先例，希望他能够郑重考虑。一个夜间的居民坚持要去看夕阳，这多少会影响到别人对他的看法。

在晚久亮出任务中险些令他丧命的伤疤后，上司终于妥协了，但将两个小时的奖励砍掉了一半。他若有所思地目送晚久离开，头一次注意到这位入行一年的手下。晚久并不在乎顶头上司的看法，他只想看到落日和他白天的同桌。

时间被缩短成一个小时，大大打乱了他们的原定计划。

这些日子，晚久反复研究电梯的时刻表。整座大楼的电梯线路犹如一张精密的蛛网，同一部电梯会在不同的时间段停靠在不同的楼层，有时还会因为人流而自动调整。他实地演练了好多遍，最后将原本二十分钟的路程压缩到十五分钟内，足够看到太阳的最后一丝余晖，与必须在六点四十分前离开的同桌聊十几分钟。

夜间居住区域的门打开了。恰巧在附近的几个日间居民看到了晚久，露出惊呆的表情。他无暇仔细打量他们，视线掠过一个个面目不清的路人，沿着预定的路线跑向最近的电梯。

一部电梯停留的时间不会超过三十秒，一旦错过一次就足以摧毁他所有的努力。奔出一部电梯后旋即奔入对面的另一部，时而在楼梯间爬上或爬下，时而还需要搭乘反方向的电梯。

这一切晚久已经演练过许多遍，但那只局限在自己的八个小时里。他从没经历过日夜交替的最后一个小时高峰，那部电梯突然停下时，他还指望它会马上恢复运行。

不知因为是上层的通路堵塞，还是电梯本身出现故障，电梯良久地停住不动。汗水的热度和徒劳的抱怨渐渐灌满了电梯厢，有人开始皱眉，也有人开始呕吐。广播里播报出电梯线路全线瘫痪的消息，晚久注视着表的数字变成六点十二分——太阳开始落山的时间。

他直接掀开了电梯顶上的出口，爬入暗无天日的电梯井。

现在，只要他想办法打开电梯厅门，随便找一扇能够看到天空的窗户，他就能看到日间同桌向他形容过的一切。他会看到夕阳沉落，高楼在大地投下的影子慢慢变长，宛如在为逝去的白昼送行。他也会看到橙色的蝴蝶，或是燃烧的高塔。

这些幻象在晚久的眼前浮现，随即消散无踪。他目光沉静地沿着电梯井壁向上攀爬，脑海中回忆着大楼内部管道图，寻找一条通向大图书馆的路线。

做出这个决定是如此理所当然，他甚至都没有意识到自己再度在太阳与同桌之间做了一次选择。

六点五十七分，晚久钻出图书馆的一个通风口，满身灰尘地摔在地毯上大口喘息。此刻图书馆已空无一人，天边没有一丝一毫光亮。白昼的城市已经死去，正静静等待夜间的自己复活。

落地窗前，留言本孤零零地挂着，在轻风中微微摇晃。晚久走到跟前，手指摩挲着封面，却迟迟下不了决心打开看一眼。

“终于没让我白等，我晚上的同桌。”

一个清脆悦耳的声音打破了寂静。大厅另一端的电梯里，一个蜜色皮肤的少女抬手拦住欲关的电梯门，笑盈盈的眼睛中带着一丝倦懒。

晚久目瞪口呆，在他的心目中，同桌的形象始终都是个短发的男生。

“觉得惊喜吗……”她狡黠一笑，放松地低下眼睑，语声渐渐近乎呢喃，手无力地从电梯门框上垂落。

晚久这才猛然想起睡眠时间将至，快步冲向电梯，却差了一步，眼睁睁地看着电梯门迅速合拢，关上了她微笑的睡脸。等门再打开，出现的已是头批抵达图书馆的夜间居民的脸。

灯光大亮，人影穿梭。夜间的城市苏醒，仿佛刚才只是和他一起做了场短梦。写在留言本上的名字，是那场梦留下的唯一痕迹：

朝舞。

三

一千八百个夜晚以来，晚久向许多人讲述过他那次进入白昼的大冒险。

最初，只是为了应付休息时他身边的好奇视线。等他被调进维修部，这段经历又成为他与同事在黑暗管道中摸索故障点时解闷的谈资。之后，每当他换一个新的工作部门，就不得不向新同事们讲一遍这个故事。

故事始于踏出居住区的门，止于摔落到图书馆的地毯上。

为什么去白天？为了看太阳。

太阳什么样？最后没有看到。

于是，所有人都放松地笑，一个个拍拍晚久的肩以示安慰，看待他的眼神不再像是一群黑鹅盯着一只白鹅。听众散场，只留晚久一个人静静在心中回味之后与朝舞那短短的一瞥。

越来越多的细节在反复回想中被擦亮。她的眼睛湛蓝，熟睡后睫毛轻轻颤动。脑后束着金色的马尾，大概就如同她曾经描述过的阳光。统一式样的白色工作服被她自己稍加修改，收束出矫健腰肢的曲线。

让自己再度进入这一刻，仿佛才是他不厌其烦地向别人讲述回忆的真正理由。

渐渐地，用“去过白天的人”来介绍他的人越来越少，取而代之的是“我们部门最优秀的年轻人”。等他成为第四炉区的副主管后，再也没有人在他面前提起五年前的那件事了。除了马上要成为能源中心总负责人的主管。

今天，这位上司当众任命晚久接替自己的位置，问他还有没有野心进入白昼的世界。

晚久的回答当然是肯定的。对于一个普通的夜晚居民来说，进入日间世界是件毫无意义、浪费生命的事；对于更高地位的人来说，却是一种价值的体现、身份的象征。

升任主管后，晚久成了一位十二小时人。他还很年轻，完全有希望进入这座大楼里的顶层阶级，成为能够跨越昼夜的居民。就像他面前的上司，一天只需要睡十小时。

在五年前那次很难说是成功还是失败的会面后，晚久终于领悟到，纵然自己一直冒着生命的危险去完成那些被人嫌弃的任务，最好的结果无非也就是多见朝舞几分钟。在见过朝舞一面后，他已经远远不能够满足于此。他想要真正地进入白昼的世界，而非当一个过客。

为了实现这个目标，这五年来，他挤干自己身上的每一秒。就连与朝舞的交流也从每日一次变成了每周一次、每月一次，尤其在成为主管的这段关键时期，他已经半年不曾去过图书馆了。

升职后，他第一时间滥用权限向她寄出了一封加急公务信件。朝舞一直在声援晚久的努力，却不知道他努力的理由。现在，该是给她一个惊喜的时候了。

不过，不得不承认，比起他个人的努力，上司对他的提拔更为关键。上司一直对他说，是他的那次冒险，展现出了令人欣赏的上进心。

尽管感激，晚久心情一直有些复杂。不仅因为自己的机会来自上司的误解，更因为这个理由并不足以完全解释这份赏识。

最终，上司在他的新办公室私下和晚久谈心，才真正透露了心声。他有一个和晚久年纪相同的侄女，是他在这个世界上唯一的亲人，至今单身。他暗示晚久今天在顶层的餐厅订下座位，去和他的侄女见一面。

晚久一眼就看透了上司和蔼可亲的表面下对他的真实看法：一个还算上进的小人物，易于拿捏，足以确保侄女在家庭中占主导地位。

如今，许多父母都嫌孩子太过浪费时间，完成了生育义务后就托管给专业机构，而上司却愿为侄女费时费力地培养一个门当户对的对象。这份关怀的确难能可贵，以至于晚久当场一时想不出婉拒的借口。

于是，他此刻只好一边等待那位姗姗来迟的女性，一边百无聊赖地打量着自己身处的餐厅。

墙柱精雕细琢的浮雕，餐具边缘镂刻的花纹，以及菜单上龙飞凤舞的文字，一律都是人工的。每张桌旁站着三位侍者，分别负责介绍菜肴、摆放餐具和为客人斟酒。客人端详菜单，久久才做一次决定，完成一顿饭起码要花上三四个小时。

睡眠舱会帮人补充营养，吃饭本身就是浪费时间的事情。不惮于浪费自己和别人时间，这才是身为十二小时人的做派，晚久此刻等待的女性更是已经足足迟到了一个小时。

漫长的等待中，他又开始想起朝舞。想象她用纤长的手指拆开自己的信，眼睛从困惑变成惊喜。

一个沉静的声音打断了他。

“原来我叔叔说的人是你，晚久。”

出现在眼前的女性有几分熟悉，晚久费了点时间，才从记忆的模糊角落里翻出一个称呼。

“班长？”

“你最后还是没看到太阳的模样。”面前的女子端坐着，脖颈笔直，黑色长发映在白瓷般的锁骨旁，声音清冷地陈述性总结晚久的经历。

“但也算是不虚此行了吧。”

在讲述自己故事的同时，晚久拼命回忆着对方的名字。他只记得这名女子是他学生时期的班长。在晚久被判定为不适合继续学习后，她留在学校里深造，从此两人便再没有交集了。

“也是，你从很久之前开始就很喜欢白天了。”

“你怎么知道的？”他惊讶了一下。

她严肃地说：“毕业那晚你因为想看日出而受了处分。每一个违纪者我都记得。”

晚久尴尬地笑了笑，觉得时间应该差不多过了一个世纪。为了彰显此处的客人都不在意时间的流逝，餐厅里连座钟都没有。

“我如今在社会生态研究所里工作，”她撩了撩额边的长发，突然自顾自地说起自己的事，“刚刚我在假设剥离……”

晚久装出认真倾听的样子，等着听到什么艰深的名词，她却又突然闭口不谈。晚久不知道这是她特意在浪费时间，还是因为懒得和他多说，一时不知该不该找点新话题。

在沉默中，班长渐渐印象鲜明起来。学生时代，班长就总板着脸，几乎不怎么和人聊天。他与她仅有过的几次交流，都是因为他违反了学校纪律。

依稀记得，只有一次例外。

那是一天放学，晚久因为一个如今已经记不清的理由返回学校，一踏入昏暗的教室，蓦地发现班长正站在窗边。遥远大楼斑斓的外墙灯光，与夜色融合成暧昧不明的颜色，映在她一贯冰冷无波的脸上，仿佛人偶被赋予了生命。

不知为何，晚久有种撞见什么秘密的尴尬感觉，想从门口退回去。她却注意到了他，缓缓转过脸，细纱般的光在她脸上游动。

“真是个美好的夜晚。”她突然开口说。

晚久不明就里，礼节性地点了点头。她似乎看出他态度敷衍，微微皱眉，认真地解释起来。

“我一直在数对面的灯光，无论用哪种算法，都总是数到一半就乱了。因为不时会有些灯熄灭，又会有些灯点亮，就像星辰闪烁。现在的夜空中，我们看不到一颗星星，哪怕是最亮的一等星，它的光芒也被数不清的灯光掩盖了。人工的星空代替了天然的星空，一切更有序的人工之物终将代替一切无序的自然之物。

“这片灯光，正是人类理性的缩影。我们的数量已经逼近了世界理论上可以承受的极限，却没有被身上原始的欲望所吞噬。灯光下，一亿三百万居民各司其职，支撑起夜晚的世界。我们正是其中之一。

“所以说，真是个美好的夜晚，不是吗？”

晚久不明白这之间的联系，但又好像能够体会她想表达的某种含义。他下意识地再度点头。这一回，她定定地凝视他的眼睛里，仿佛浮出了一丝微笑。

“你记住就好。明晚见。”她说。

转瞬间，她脸上的笑意又倏然消失了。或许那只是窗外的光或影子，晚久不敢确定。班长与他说下这番话的理由，同样也是不明。他带着满腹疑问回了睡眠舱，连自己回教室想干什么都忘记了。

比起缘由不明的对话，她那时的目光更让他印象深刻。等晚久从记忆中回过神，猛地发现面前的对方也正凝然注视着自己，仿佛时光从不曾流动。

他心中有什么被轻轻拨动了，旋即意识到已经不知冷场多久了，连忙讲了一个笑话。虽然对方并没有笑，但气氛总算缓和了些，不再像在为谁默哀一样。他现在似乎有点明白为什么她明明模样是个美人却至今单身。

直到送班长进了回上层区域的电梯，晚久还是没有想起她的名字。

本以为这场闹剧到此结束，没想到第二天主管暗示他继续约会对方。上司似乎认为，只要侄女不表示明确的反对，那么就说明可以继续交往。

他抱着被拒绝的期待去试着联络了班长，得到的回复却是一份日程表。表上，对方下半个月中未被填满的空格屈指可数。像是在表示自己没有时间，又像是要求他自己挑选合适的夜晚。

晚久叹了一口气，暂时放下这件事，惦记起了自己寄给朝舞的信。

那封信差不多也该寄到了，他在信上附带了一个回执，让朝舞有权限快速地向自己回复。然而，三个夜晚过去了，没有回音。于是他在系统里搜索了一番，发现自己的信件还在日夜间的中转站里。

他正想要投诉邮递系统的失职，却发现信件并非从未离开夜晚，而是被朝舞所在的居住区域退回了。

原因是收件人已不在该地址。

晚上的同桌，听说要暂时中断通信，感觉就像起床后不用再赶去清洗实验室前晚留下来的玻璃瓶。当然，不是说你像是什么脏东西一样，而是日常突然改变时的那种心情。你能明白我的意思吧？不过，时间应该不会太久吧。我会时不时来翻翻留言本，等着看到你的好消息。

这是半年前朝舞写给他的最后一封信。之后，留言本里再没有一封信、一个字留下了。那时的晚久并没有察觉到任何异常，此刻再读一遍，却有了一丝不对劲。为什么她会用实验室的工作来打比方呢？

通常来说，一个人是很少搬迁的。除非工作场所转移到更远的地方，又或者是地位发生了巨大的变化。朝舞或许是换了新工作，又或许是升职了。她并不知道晚久打算寄给她个惊喜，于是也就没在留言本上写下新信息。又或者是在本子里夹了信，却因为某种原因遗失了。

晚久没有权限查询居民信息，也不知道该向谁去打听朝舞的近况，只能希望是如此。

“白天的同桌，我回来了。你在哪里？”这句话在留言本上挂了一个星期后，晚久在下面又添了一句。“请尽快联系我。”

就算朝舞延长了来图书馆看信的间隔，这时间也未免有点长得过分了。不祥的预感在晚久的心中渐渐生长。他试着去朝舞以前的居住区寻找线索。知道白天情况的人一律在长眠。夜晚的居民中应该有谁可以帮忙打听出来，但没有人愿意为他人的事浪费自己的时间。

上一次因为毕业而中断交流时，晚久的心情还相当淡然，毕竟那一切发生得有些无可奈何。而这一回，却完全是因为自己当时没有每天抽出一点点时间来图书馆。

也许正是出于自责，晚久最近总是走神，工作时出错被下属提醒了好几次，眼前晃动的始终是那双湛蓝的眼睛。

对面的眼睛眨动了一下，不是蓝色的，而是夜晚一般的黑色。

“晚久，你想到白天了吗？”

晚久这才惊醒过来，自己正在基因样本仓库里和班长约会，他打算在结束后向她正式提出结束来往。他有些心虚，指着不远处树上的一只瞪圆眼睛的猴子。

“不，我在想，这里难道只有猴子？”

“对于样本仓库来说，提供参观服务只是附加功能之一。绝大部分的动物都以基因信息的形式储存了起来，只留下少部分具有研究价值的活体。”她那充满理性的口吻，像是在解说机器的构造一般。

“难怪这地方没什么人来。”晚久前后张望。在移动向下一个动物的路上，只有他们两个人。

八小时人没时间来看动物，而十二小时人有更多比看动物更好的选择。冷清也就可想而知了。但这地方是对方选的。

此刻，他们两人并肩站在缓缓前进的传送带上，陷入长久的沉默。偶尔，不知何处会传来鸟鸣。她穿着黑色的连衣裙，裸露着白皙的手臂，直直地望着前方。当传送带在某个动物前停下时，她不会多看它一眼。

“你似乎并不喜欢这里。”

“这里是昼行性动物区，”对方答非所问地说，“现在我们看到的这个动物，据说远古的人类用它来代表中午前后的时间。”

晚久的脑海中倏地闪过了太阳与白天，猛然间明白了。班长之所以选择这个她并不喜欢来的地方，是因为这些昼行性动物是夜间居民能接触到的少数日间生物，因为晚久喜欢白天。

他有点被感动了，但不打算改变最初的决定。

“在这里，我并不会想到白天的事。这些动物被人为改变了生物钟，那就是彻头彻尾的夜间生物了。真正活在日间的人及生物，与它们不太一样。”

“我没在白天见过动物，但我并不觉得日间的居民会和我们有多大不同。”

她面无表情地精确转述起晚久所讲过的经历，栩栩如生地描述出当时路上的每一个细节、见到的每一张面孔，仿佛是她所亲见。这些细节尽管一直在他的脑海中，但因为当时的时间紧急而被他忽略，即使他在讲述中提到，也未曾思考过背后的含义。此刻，通过她之口，这些记忆中的细节变得越加鲜明，却令他更加失去这段记忆。

那些道路上日间居民匆匆忙忙的脚步，电梯里一张张冷冰僵硬的脸，以及漠不关心他人的态度，都和夜间世界并无不同。他们和夜间居民最大的区别，只是他们的肤色被阳光烧得更深而已。

“你没有真正看清自己到过的白昼，因为你不是为了看日间世界而去。”她静静凝望晚久的目光，一如多年前的那个夜晚，深邃得难以琢磨。

“你是去见那个女人。”

晚久在想，如果自己当学生时稍稍显得合群一点，或许就不会被班长关注，进而被发现他和白天同桌的信件往来了。

被班长说破实情的那一瞬间，他胆战心惊，仿佛被人揭穿的杀人凶手。转念一想，这却并非什么不可告人的秘密，只不过是交了一个在白天的笔友而已。貌似触犯了某种禁忌，其实并未违反哪项规则。

听着班长不含感情的声音静静流淌，晚久的心中渐渐积成一潭镜似的清泉，他仿佛能看到其中映着当年的光景。

放学无人的班级，当晚久在课桌里放下信离开教室后，一双眼睛悄然从某个角落里浮现。她如幽灵般走到晚久桌边，捧起抽屉里的信纸，借着远方高楼照进的光来阅读，眼睛里映着蒙胧的光。

这种昼夜之间的交流，从未瞒住过这第三个人。班长远比晚久更敏锐，早早地便发现这位白天的同桌是位女性，这女性笔下的白昼终会将晚久引诱到太阳之下。晚久那次意外地返回教室，险些撞破她的行为，却也给了她一个机会。她那时诉说夜晚的美好，是在掩饰自己，也是想将他挽留在夜晚的世界中。

“因为我是夜间的居民？”晚久问。

她注视着他缓缓地摇头，黑发在摇动时纹丝不乱。

“你突然闯进教室时，我藏到身后的手中还紧握着你留下的信，唯恐被你发现。”她用手轻轻按住胸口，仿佛在感受当时的心跳。“直到这一刻，我才意识到，我偷阅你的信件，哪怕有诸多借口，也确确实实违背了道德。这是我这一辈子头一次。从那时起，我就觉得自己成了你的共犯。”她的眼眸中宛如凝着星光，“直到现在也这么觉得。”

被这种目光所凝视，晚久顿时有些不知所措。还没等他说些什么，班长就说出了让他震惊的消息。

“我想，那个女人是没有办法给你回信了，”她无视晚久的眼神，自顾自地说，“在听过你的白昼之旅后，我亲身去体验过了一遍。那些管道真的很难爬。最后，我落在图书馆里的地毯上。”她看了看自己的指缝，仿佛那里面还残留着油污。

“我当时想，如果你只是为了看太阳，又为什么非要在这里。所以我想，肯定有谁在这里等着你，这里是对你们都很重要的场所。我找了一圈，最后在那本留言本上找到了那个名字。

“我在系统里恰好有那么点权限，于是我查了她的资料。结果不太意外，她现在已经是个三小时人了。”

“怎么可能！”晚久失声说。

“因为工作中犯错太多，她被调离实验室，只能去干没人愿意干的活。”

一旦被调到低价值的工作岗位上，系统就会因为她的价值太低而进一步减少活动时间，这样更难创造出价值。这个恶性循环使得朝舞这五年来的时间一路跌到了五小时，而在晚久停止联络的这半年中，她又被记下了一个大错，一天只能活动三个小时。

这些年来，信件中的语气一直很乐观，仿佛她的整个世界都在绽放光芒。要是晚久早知道，绝不会每天与她在图书馆里留言，那简直就是在将她慢性谋杀。

“她现在情况怎么样？”他喉咙发苦地问。

她轻描淡写地回答：“还能怎么样？”

这种情况下，朝舞能够挤出时间喘息就已经很不错了。

“忘记那个女人吧。等我的研究成果出来，就能够再多获得一个小时。到时候，我会让叔叔再提拔你。不管是日出还是日落，我都可以陪你去看。”

她嘴中接二连三地吐出令人诧异的话语。晚久脑海里已经一片混乱，奇怪为何她还能如此冷静，冷静得如此理所当然。

“不，我还没考虑过……”

“你好好考虑一下，然后你会发现，你并没有拒绝的理由。”

他无言以对。

这个世界上，两个人的结合最重要的是时间上的相近。他和朝舞之间的结局，从相遇之初就注定了，从出生之初就注定了，他们永远不可能有任何结果，分隔开他们的是比任何力量都强大无情的时间。

而班长是他最理想的对象。

他长久地沉默了。

班长的目光在他身上停了许久，脸上浮起了一丝笑意。这一回，晚久看清楚了，她笑得宛如静静深潭表面泛起的涟漪，像是水面下藏着的不知名之物正在窥视。

一年之后，在晚久上层区的新家里，所有祝贺他升职的宾客刚刚散去。他站在窗边俯视着云层之下的都市，夜晚即将结束，而他现在已经有足够的时间迎接人生的第一次黎明。

班长从背后环住他的腰，温柔地说："一起看太阳吗？"

"不，没什么好看的。"

他冷淡地拉上窗帘。

四

晚上的同桌，你知道晒月亮的感觉吗？

晚久做了一个久违的梦。他梦到自己回到了学生时代，第一次在课桌里发现纸条的那一夜。纸条上写的内容让他长久地发愣，扭头望向挂在窗外的月亮，忍不住伸出手。

在这时他便醒来了，头一眼看到的便是自己的手。手高高地举出打开的睡眠舱，像是要抓住什么似的。他怔怔地望了一会儿，表情如同从未见过自己的手臂。一分钟后，他才从舱内一跃而起，换上衣服直奔向工作场所。

作为能源中心的主要责任人，有些事情其实不必他亲自去做。不过他主动担在身上，以工作太忙为借口将婚事一拖再拖。班长已经颇有微词了。然而，这件事就连她的叔叔都不站在她这边。事实上，整个能源中心都忙得焦头烂额。

三年来，每天汇报到晚久手中的各种图表，反映出了一个重病缠身的人渐渐无力回天的过程。现在虽然还能苟延残喘，然而五年、十年后，依照目前的人口增长速度，迟早有一天，这座大楼将供养不起它内部的人口。就晚久所知，城市里的许多大楼都面临着同样的困境。

在一次约会的晚餐时，班长若有所思地说："为了减少晚久的工作量，干脆再提交一次削减低值居民活动时间的研究报告吧。"

晚久放下手中的餐具，愕然注视对方。她回以浅浅的微笑，然而表情里没有开玩笑的意思。

最初约会时，晚久还听不懂她的工作性质。如今，他已经清楚地了解到社会生态研究所是一个什么样的地方。简单来说，这个部门的职责就是在系统给予的框架下根据人口来调整社会资源分配使之更合理化。

晚久不太想谈论这个话题，但她却滔滔不绝起来。

"我有很大的把握，这次提交的分配模型可以通过系统的合理化判定。只要通过了，可以减少 15% 的资源消耗。但睡眠舱的消耗会稍微提升，需要系统把无用者的保存时间上限进一步削减。"

"你说的这些会影响到多少人？"晚久忍不住问。

"也就是每天减少了近百万小时的消耗吧。"她看到晚久微微皱眉，不动声色地继续说，"别的大楼早已经以一天七小时为基础时间了。你老是超负荷工作，就是因为这方面的进度严重拖慢了。”

他顿了顿，说：“总是超负荷工作，这才能证明我的价值。”

她深深地看了晚久一眼，目光包含着某种不言自明的了然。

如果要削减某些人的活动时间，那么毫无疑问，已经被证明没有价值的人自然首当其冲。比如说，已经杳无音讯的朝舞。

晚久不知道朝舞现在怎么样了，或许她现在已经是个一小时人，甚至有可能被系统判定成无用者。班长有权限查询，但他一点都不希望自己的未婚妻再惦记着朝舞。

现在，他竭尽全力地调配资源，每让运行了不知几百年的能源炉多撑一天，就觉得自己守护住了无数人的时间。这其中，或许就有朝舞。

今天那个突如其来的梦，让他再度想起当年与她交流信件的时光，宛如梦到了自己前世的事。也许是出于这个缘故，他一整天的工作都有点心神不宁，索性便趁着今天还算没事，提早让自己下了班。

朝舞在纸条上最初提出的问题，晚久至今无法回答。

学生时，他站在黑暗的房间里，试图寻找答案。然而，遥远的高楼一直大放光芒，混在月光中，在房间的墙壁投出他孤零零的影子。他不知这种清冷的感觉是月光带来的，还是灯光带来的，又或是两者混合后的化学反应。

这个城市的夜晚，没有一刻是没有灯光的。即使夜昼交替的那一刻，也仅仅是中低层的灯光熄灭。顶层区永远亮着不灭的灯光，哪怕经过了云层的遮盖，也会多少漏出几许，污染月光的成分。

晚久想，自己大概永远无法回答这个问题，即使有一天他知道了答案，也不知道该到何处去诉说。

回过神，他已经置身于许久没来过的大图书馆。面目冷漠的人和触感冷冰的书架，留言本依旧挂在落地窗边，一切都还是原来的样子，仿佛时间从未流动。

他本能地走到留言本旁边，觉得自己一翻开就会看到朝舞的留言。然而理智告诉他这是不可能的，朝舞没有时间来图书馆写下哪怕一个字了。

仅仅是出于怀念，晚久翻开了留言本。纸页的边缘划过手指时，心与指尖都有种微微的钝痛。下一瞬，晚久的心剧烈地跳动了起来。

在自己最后的留言后，有新的文字出现了。粗一看，仿佛像是谁在恶作剧。文字写得凌乱不堪，每一笔的深浅都不一样。

夜晚的同桌，原谅我只能这么写字，一笔笔拼出一个文字。虽然花的时间长了点，一个字得花上好几天，但挺有意思的。

现在一天要干两个小时的活，能够花在路上的时间不多。出了电梯，就必须在电梯关闭前回去才能赶得上时刻，只留给我写一笔的时间。

我试过在电梯里给你写信，实在太挤。而且，其实你已经不看了吧。如果积累了太多信夹在本子里，我会失去再留信的勇气。

好不开心，现在没时间看太阳了。

时间又被减了半小时，明明没有犯错。

我快忘记黄昏是什么颜色了。

我很好，你好吗？

我很好，你好吗？

我很好，你好吗？

四年了。你肯定已经不会再来看留言了，也好，彻底忘记我吧，我大概没时间再来这里了。永别了，谢谢你。

但我还是想你。

每一个梦中都有你的影子。

比想看到太阳更想你。

听说时间又要被削减了。

如果一天只剩下一个小时了，我就真的再没办法来图书馆了。怎么办？

晚ク。

文字到这里戛然而止。晚久眼前已一片模糊，他紧紧握住留言本，久久不愿松开。

从落地窗到最近的电梯口，有二十米的距离。电梯门从打开到关上，需要十七秒。

朝舞从一天里仅有的几个小时中省出到图书馆的时间。电梯门一打开，她便会如羚羊般冲出人群，在五秒内穿过一排排书架和人潮的缝隙，奔到留言本边，翻开折好角的那一页，迅速地留下一笔。此时准备上电梯的人已经走进了一半。旋即，她转身直奔回电梯。有时能正好赶到最末尾，有时却会被门狠狠地夹红手臂。

这 2078 道深浅不一的笔画，就像是漂流到荒岛的落难者天天在石洞壁上刻画的正字。是她六年来日复一日的时光，也是这六年来她积累的思念。

如果再早一些，哪怕再早上半个月看到这个留言，或许晚久都还有机会再与她重新建立起联系。然而，此刻已经晚了，她已经成为一小时人了。

在某个远离人群的昏暗房间里，朝舞将每天苏醒一次，解决必要的生理问题。全部的工作可能是确认一眼某个屏幕是否正常，可能是按下某个每天必须按一次的按钮，随即再度陷入二十三小时的长眠。这便是一小时人的生活。这样的日子过久了，不是会将自己短暂的活动时间当成了一个未醒的梦，就是会觉得自己从未入睡，永远重复着如出一辙的一个小时。

一旦精神崩溃到了某种地步，又或者有了更多新的一小时人，她就会被系统判定为无用者，进入永恒的长眠。等到几十年后保存时限一满，睡眠舱便会自动停止维持生命。

这便是这个世界运行的法则。这就是朝舞已经注定的未来。

回到家，班长静静地坐在黑暗里。窗帘拉着，房间里没有一丝光，晚久打开灯才看到她。她宛如戴着不动声色的面具，坐在桌边，目光深沉地盯着面前的一份文件。

“你来干什么？”

“给你带个惊喜。”她轻轻一推，将文件推到晚久面前。

晚久狐疑地拿起文件，标题是《关于时间分配模型的改进》。他随手翻了几页，看了摘要后，呼吸微微凝滞。这份报告的中心思想，就是把现在所有的一小时人都扫到无用者中，同时将无用者的保存上限减少十年。

“你知道这将杀掉多少人吗？”他情不自禁提高了声音。

“你继续看报告，里面有毫无误差的数字，”她淡淡地说，“另外，我不认为自己是在杀人。这是必要的资源协调。关于这方面的道德争执，已经在七百年前有了定论。你要是有兴趣的话，可以调阅当时的辩论档案。”

“那你怎么不首先削减十二小时以上的人群，从你开始。这样不是更公平吗？”

“首先，十二小时人仅占人口的百分之五。其次，一视同仁地削减时间而不考虑个人价值不同，才是真正不公平的。”

晚久永远都辩不过她：“你就觉得一个小时以下的人不用当人了？”

“不是我觉得，而是他们自己放弃了身为人的机会。所有人都是从八小时人起步的，为什么有的人成了十二小时人，而有的人成了一小时人。”

“因为不是每个人都有你这样的好叔叔，能安排一个易于创造价值的岗位。”晚久脱口而出。随即想起自己正是这种潜规则下的受益人，顿时哑口无言。

她这时稍稍放缓了语气。“这个世界的情况你不会不清楚，为了大多数有价值的人，必须牺牲少数无价值的人。你知道这是无可奈何的事情。”

她说的道理完全正确。

曾经有一段时间，晚久翻遍了所有档案文献，发现这整个星球就像一块被榨干了油的石头。大地上无数座城市都已经废弃，只剩现在这座都市成为人类最后的绿洲。新能源的研究，在短期内都难以收到成效。在尽量保证大多数人生存权利的前提下，减少能源的消耗，直到能源危机解决。这便是系统的第一要务。

然而，晚久不能接受。尤其在知道朝舞已经成了一小时人后。

“我还能再撑一下，你的报告等些日子再说吧。”

“我一个月前已经提交了，系统正在演算其可行性。我这些年都在研究这个模型，演算了这么久，应该是没有问题了。再过几天，你就能从繁重的工作中解放出来，我们的婚礼也差不多该办了。”她站起身，走到愕然的晚久面前，轻声说，“现在，一切都结束了。”

在晚久的眼帘中，未婚妻那纤细的身姿俨然变成了巨大的恶魔。

她有权限查询朝舞的情况，能够知道对方已经成了一小时人。她大概很早就已经准备好报告，只等这个机会，一口气斩断晚久所有的借口和牵挂。现在，朝舞将会成为无用者，一切都结束了。

晚久猛地抓住了她的手。

“你为什么非要针对她！”

她抬起头，眼睛里有残酷的笑意。

“不，事实上，我从没有对她做过什么，只是偶尔想起就关注一下她的情况。相反，她失去最初工作、落入恶性循环的处罚，是源于她有一次没有及时回到睡眠舱，被回收者在电梯里抓到。”

晚久脑海一片空白，连班长是何时离开的都没有注意。

是晚久那次进入白昼的冒险所犯的错。如果他当时没有来晚，不，如果当时他根本没有和她约定见面，没有过重逢甚至于从没有过相遇，朝舞恐怕不至于落到这种地步。仿佛一切都是注定好，从他自抽屉里摸到那张纸条的那一刻，她的命运就步入了毁灭的轨道。

如同这个必将崩溃的世界。

晚久在黑暗的房间中坐了很久很久。窗外的灯光渐渐熄灭，黎明前的黑暗到来，只有顶层区还灯光彻亮，仿佛一只只不死的水母。

尽管现在晚久已经有足够的时间看到黎明、看到太阳，但他一次也没有看过，都是在最黑暗的房间里度过最后一小时。在与朝舞中断联系后，他对白昼迅速地失去了兴趣，太阳在他心中和普通的天体无异，甚至一想到它，就有些反感。

现在回想起来，这和背叛无异。他背叛了对太阳的梦想，背叛了朝舞。

这些年来，他认为自己已经彻底地失去了她。直到如今，他才知道在他怯懦地放弃寻找她时，朝舞却仍然没有忘记他。即使一天仅剩下几个小时，她还是挤出时间记录下对他的思念。文字的每一道笔画，都是她燃烧着微薄的生命所留下的烙印。他用手抚过纸面时，那些文字仿佛都化成了火焰，自指尖烧到心中。

他不能再一次失去她了。绝对不能。

某种熟悉却陌生的冲动在他的血管中奔流，这种感觉就像当年不顾一切地等待日出，又像是为了见到黄昏而去执行危险的任务。也许自己的行为会导致更大的破灭，不仅是她的，更是自己的。但晚久不能眼睁睁地看着朝舞去死。

当晚久再度走进能源中心的主控室时，没有人能从他平静的脸上看出心中的那股决绝。他以将要有大人物来参观为借口遣散了室内所有人。虽然有人疑惑，却没有人提出异议。随后，他把所有的出入口都封死。等到有人从其他监视室的数据异常中发现不对劲，已经是一个小时后的事了。

人们在外面大叫，试图与里面的晚久取得联系。晚久却只是出神地望着大屏幕上的数字渐渐变得鲜红，感觉像是回到了最初那份八小时面对屏幕的工作。有人说他疯了，有人猜他死了，特殊警察已经在路上。

炉内压力接近临界值，屏幕不断跳出鲜红的大字，尖锐的警报声自能源中心扩散到整座大楼，传遍整个都市。能源中心已经开始有人逃离。匆忙的行人停下脚步，环顾左右，漠然的脸上同时出现了紧张与困惑。正在舱中沉睡的居民，眉头开始颤动，即将被唤醒避难。

此时，一个控制台从地下升起，一只被层层合金板保护住的钥匙孔首次暴露在空气中。晚久从口袋里掏出能源炉的核心钥匙，用力插进了孔中。

下一瞬间，能源炉沉寂了。大楼从顶到底陷入了一片彻底的漆黑，随即引发了某种连锁反应，灯光一栋楼接着一栋楼熄灭，整座都市陷入前所未有的大停电。万籁俱寂，清醒的人们安宁了片刻，开始奔逃喊叫。

城市的核心系统立即切换为独立的备用电源。然而，之前正在演算的一切工作都被永久地搁置了，首要任务改为如何恢复城市供电。

他坐在主控室正中的椅子上，听着门被警察撞开的声音，突然冒出一个有趣的想法。

现在，世界被最原始的黑暗所笼罩，天空中唯一的发光体只剩下月亮了。在没有任何其他光源的污染下，走到外面就可以知道晒月亮究竟是什么感觉了。这样一想，仿佛他是为了解答这个问题才造出这么大动静。

晚久不由得笑了笑，旋即被蜂拥而入的警察按倒。

某个睡眠舱里，警报响起的那刻，朝舞的大脑也短暂地活跃了一下。停电后，睡眠舱内的应急电池随即开始生效，抚平了所有居民在睡梦中皱起的眉头。

这短短几秒的大脑活动，为朝舞带来一个短梦，梦见自己从课桌里拿出第一张来自夜间的回复。

我从没晒过月亮。那么，太阳又是什么样的？

在审判之前，班长曾经来探望过晚久一次。脸容一如既往的沉静，看不出来她的心情如何。

“我很意外，你居然会使用如此不合逻辑的做法。对，现在我的报告已经被放到了极低的优先级，有一堆事情等着系统去处理。然而，最多半年，一切都会恢复正常。系统将会重新开始演算我的报告，并且通过。你只不过争取了半年的时间而已。那个女人的下场不会改变，而且还多搭上了一个你。”

她盯住晚久，长长地沉默，像是一定要等到一个解释。晚久低着头，注视着手腕上的金属铐，缓缓开口。

“这是你的逻辑。而在我的逻辑里，是我用自己的时间为她延续了半年的生命。这很值得，不是吗？”

“你是个十三小时人，而她即将降级到无用者。你的余生起码还有三十万小时，却用来换取她一百八十个小时毫无价值的生存？”她的语气罕见地激动起来。

他说：“在你眼中，一个小时以下的人不能算作人。其实，这个城市中所有的人都不能算作人。真正的人都活在以前的时代里。在二十四个小时里他们能够自由地活动，想活动多久就活动多久。而现在，这种自由成为一种奢望。我们的活动时间都由系统来规范，即使说我们是某种定时的机器也不为过。”

“因为我们的资源枯竭了，不可能像以前那样自由地生活了。这个世界就是这样的规则。”她回答。

“你说得对。我们身在一个濒死的世界，我们只能适应这样的世界而生存，放弃人的自由而活下去，等着某一天突然奇迹出现或者末日临近。但在我所认识的所有同类之中，只有朝舞是自由的人。即使一天只剩下一个小时，甚至只剩下五分钟，在她的眼中，也一定会像是二十四个小时般充盈。”

他抬起胡子拉碴的脸，目光灼灼地注视着她的眼睛。“我用一个非人的生命，来换取一个人的生存。即使你觉得我是个笨蛋，我也觉得我所做的一切都是值得的。”

她的身体微微动摇了，依稀，晚久看到她的眼中流过一丝悲伤。

“你的眼睛里又有太阳了，和以前一样。你不是愚蠢，你只是被太阳迷惑了，被你心目中某个不存在的海市蜃楼迷惑了。我早就知道会这样。”她低声喃喃。

晚久想安慰她几句，一想到自己就是罪魁祸首，又只能沉默。

转眼间，她又恢复了往日的平静。

“大停电持续了六个小时，造成了数以亿计的经济损失和时间损失。委员会甚至在讨论恢复废止了千年的死刑，然而系统永远不会允许对生命造成伤害的行为。现在争议的焦点无非在于是把你降级到一小时人，还是直接降为无用者。即使前者，也只能让你多活动半年而已。等到系统实行我的方案，你还是会变成无用者。”

她利落地转身，走向长长的通道，像是断然告别了一段过去。

“永别了，我愚蠢的恋人。”

三天后，晚久被系统判决为一小时人。所有高层一致认为，这仅剩的一个小时也不能让他安稳地度过。于是，他被驱逐出城市，成了一名拾荒者。

顾名思义，这工作就是从古老城市的废墟中搜寻可以再利用的物资。这曾经是一个兴旺的职业，是探险家们的最爱。然而几百年下来，一切可以利用的东西都已经被人拆光了。城市之外，只有荒野。

第一次见到荒野时，晚久以为自己来到了月球表面。月光下，寸草不生的大地上布满了无数的坑洞，其中最小的也有足球场大小。有些较浅，而有些深得仿佛直通地狱。这些东西究竟是耗尽的矿坑，还是战争留下的遗迹，至今也没有定论。总之，里面什么也没有。

睡眠舱经过改装，变成了一辆有履带的旅行舱，形状宛如移动的棺材。晚久坐在颠簸的舱盖上面，眺望着四周一个个空寂的洞穴。更多的时候，他都躺在舱里睡觉。旅行舱会自动在荒野上行驶，扫描周围值得留意的目标。发现异常后就会停在目标周围，等待晚久苏醒后调查。

能做这么多事，却仅利用太阳能作为能源，代价就是在维持生命的性能上只有正常的一半。每晚醒来，晚久没有了以前起床时那种神清气爽的感觉，仿佛在一个昏沉的梦里，肚子也只有半饱。

最初的新鲜感过去后，一成不变的荒野就变得令人厌烦了。他每晚躺在舱盖上晒月亮，仰望繁星的夜空，只有月亮是熟悉的。他不知道其余的星星叫什么，就用自己认识的人来给它们中最亮的那些命名。然而，有一个名字他是不会使用的，那就是朝舞。在他的心目中，如果非要把她的名字用来代表哪个天体，那就只能是太阳。

不知道现在她在城市过得怎么样，至少过得应该比晚久好。在城市里被判定为无用者，至少还能保存个几十年，还有再度苏醒的希望。而在荒野中，只有死路一条。不是死于探险的过程中，就是死在长眠中。

晚久从不认为自己是在搜寻遗迹，而是把自己当成了一个死人，在寻找一个合适的坟墓。那必须是一个能够看到日出和日落的地方。

旅行舱突然停下了。

晚久微微一愣，猛地跳下舱盖。另一部旅行舱静静停在不远处。

一个拾荒者如果找到了一个值得发掘的遗迹，就可以大大提高自己的价值，恢复自己的地位。尽管两百年来的成功率一直是零，但偶尔也会有不甘心的一小时人孤注一掷。

晚久绕着旅行舱调查了一圈，发现它仍在运作。他在周围搜索了一番，没有发现值得留意的东西。此人的活动时间是中午十一点半到十二点半，和半夜十一点半到十二点半活动的晚久正好相反。

晚久想了想，用石头在地面上写字，询问了一下对方停留在此地的理由，并表示自己将向东行驶，随后，驶离了此地。他设定好让旅行舱在行驶了十二小时后停下，如果对方愿意和他交流的话，这便足以追上他了。

第二夜，他打开舱盖，看到旁边的地方多出一段留言，以及一条指向东面的履带痕迹。

正午时分，太阳会在之前那片地方投出一个巨人的影子，我想再看一眼。我夜晚的同桌。

晚久几乎以为自己还在梦中。

我没想到在这里也会遇见你！你怎么变成一小时人了？又为什么来当拾荒者？我会在前面等你，你一定要和我好好说说。现在说说我最近的事吧。之前的日子我过得真是惨透了，具体原因就不提了，反正都过去了。一个多星期前，我突然梦到以前和你交流的日子，才想起自己好久没晒太阳了。

那一刻，我决定成为拾荒者，这是唯一能够让我晒太阳的工作了。万一找到个遗迹，还能让我恢复原本的活动时间，可以来联系你。不过，这一个星期来，我坐着旅行舱到处游荡的日子真是太有趣了，几乎让我忘记了原本的目的，为什么没早些选择这个职业呀。

现在，连你也在这里，我可以说是什么遗憾都没有了。

晚久跳上旅行舱，追着履带的痕迹疾驰而去。这一刻，他猛然发现自己竟然还是有心跳的，没有变成一具等着腐烂的行尸走肉。

他有无数的话想对朝舞说，想告诉她自己这些年来是怎么过的，想表达自己对她的歉意和依恋。然而，这些在他握住石头时都变得无从下笔，所有的心绪最后只化成了两段话。

白天的同桌，晒月亮的感觉，孤独得就像是在深海里听鲸鱼的声音。

白天的同桌，我曾经答应过你，再次冒险前要向你报告。然而，我到底还是违背这个诺言了。现在，我不知道我写下的留言会在何时被谁发现，也许直到人类毁灭，这个地方都不会见到天日。

晚久是被自己饥肠辘辘的声音叫醒的。他睁开眼睛，脸贴在冰冷的地面上，感觉像是在睡梦中让人痛殴了一顿。

他晃了晃昏沉的脑袋，有点怀念起那个性能低下的睡眠舱。

随即，他抓起落在地上的笔和纸，借着手电筒的光，从昨夜写到一半的地方继续写下去。

此时，他身处一座穹顶高耸的大厅里，微弱的灯光竭力阻挡着黑暗的侵袭。除了黑暗之外，这个大厅里什么都没有。

不过，对于一个时日无多的人来说，死亡并不可怕。我只担心你，你还不知道我们很快将变成无用者。我一直努力寻找奇迹，一个足以使你摆脱一小时人身份的遗迹。

那天我抱着不妨一试的心情向你询问线索，看到你只留给我一本拾荒者地图作为回答，我便觉得这个奇迹是不会发生在我们的头上了。我也有这么一本地图，出发后发现不知谁塞在我旅行舱里的。

地图上所有能够抵达的地方，有价值的东西早在三百年前就被人搜索光了。剩下的地方要么什么都没有、要么极度危险。虽然你拿来的是白昼居民总结的地图，但上面的记录和我手上的黑夜版本不会有所不同。

我开始翻阅它，单纯只是不想辜负你的好意，却让我无意间发现了你地图上的一个错误。有一个巨大的深坑，在你的地图上被标为绝对安全，记录上所有的探索者都平安回来了，在这里什么都没有。而在我的地图上却正相反，任何前往这里的人，无论是独行者还是大团体，一律都没有回来，甚至连尸体都找不回来。被标记为极度危险。

随后，我明白这不是错误，而是此地有某种只在夜间出现的现象。几百年来，日夜相隔的双方居民从来没有对照地图的机会，这个体现出矛盾性质的地方也就一直不为人所知。

我瞒下理由来到这里，以身体不适为借口，在这个深坑边观察了六个晚上，没有任何发现。如果有什么秘密，那么只能是在月光无法照亮的黑暗坑底。

我顺着前人留下的岩钉落到坑底，双脚还没有沾上地面，便发现自己置身于一个空旷的大厅。完全不能理解发生了什么事。我在这里找不到任何东西，找不到出口。如果之前的拾荒者都永远留在了这里，那他们的尸体在哪儿？我猜想这里肯定还有什么，但我大概已经等不到了。

手电筒的光芒开始闪动、黯淡，晚久加快了书写的速度。然而，纵然可以用思想的速度在无限长的纸上书写，他也追不上时间。

尽管我希望你不要亲眼看到，我还是想向你倾诉，又或者是向任何能看到这段留言的人炫耀。与你一起度过的这几个月，是我生命中最快乐的时光了。

我与你相离从未如此之远过，整整十二个小时的间隔，让我们如同分别身处星球的极南与极北。而我们却又从未如此之近过，尽管无法在你沉睡时打开舱盖，但只要将手放在你的睡眠舱上，就仿佛能从变动的计时中感受到你的心跳。

每天都会有长篇的文字铺满地面，你讲述着正午的太阳下，远方的一条黑石的峡谷蜿蜒成黑蛇的形状。我则会告诉你，同一条峡谷，在洒满月光后，会映出白色长河的模样。我总有种错觉，我们会这样一路奔向太阳升起的方向，仿佛旅途永远不会终结……

光终于彻底熄灭了，黑暗如约而至，长眠很快也将紧随其后。晚久还有无数的话想写，再有一百年都不够用。于是，他干脆地扔下笔，等待最终时刻的到来。

就在这时，整个大厅忽然震动起来。

光芒在黑暗中汇聚，投影出一个半人高的半透明标志。晚久怔怔地盯着这个突然出现的标志，猛然发现自己居然认识它。在都市里，这个标志代表了主持一切的系统。

“替代者序号 74812，验证为第十七区普通公民，请帮助主系统判明现在的情况。”它发出机械的声音。

晚久听不懂它在说什么：“不，我不是什么替代者。”

“任何公民都有义务帮忙主系统判明现在的情况，用以替代中断了三十七万个夜晚的例行报告。该义务优先级为最高。”

“如果我帮了你，那我可以离开这里吗？”晚久急切地问。

“在符合保密条例的情况下，市民拥有自由行动的权力。”

晚久顿时看到了活下去的希望：“你想要判明什么情况？”

“战争的情况。”

“什么战争？”晚久一头雾水地反问。

系统沉默，那个标志闪烁了两下。

“请不要回避主系统的问题。检测到 74812 号已处于战时生存管制中。管制指令由主系统亲自签发，由第十七区分机执行。”

“战时生存管制？那是什么东西？”

“在战争期间，为了缓解资源紧张，保障人类的整体生存，所有人都必须接受系统的管制，缩短每天的活动。”

“你说的战争到底是和谁在打？”

“和来自已知星球外的侵略者。”

晚久目瞪口呆：“我从来没有听说过这种事，能不能详细向我解释一下？”

“主系统判断第五类状况仍在继续，分机资料库受损，文明断承。开始展示历史。”

在晚久的常识里，大家普遍认为这个世界衰落于一场人类内部的大战或者是星球本身的资源枯竭。然而，从主系统播放的一段投影中，晚久看到了闻所未闻的历史。

那是一场涉及无数星球的战争，上千个殖民星被异星人侵略，与母星失去联络，晚久所在的星球便是其中之一。最后一个带有母星坐标的备份系统，被藏这个避难所里。除此之外，这个星球上再也没有联络母星的手段。如果战争失败，这个备份就会自毁，放弃这个殖民星，绝不能让侵略者发现母星的位置。而如果战争胜利，它则会与母星重新取得联系，派舰队拯救这个星球，到时将结束战时的生存管制。

“这不是显而易见的吗？战争已经结束了！快去向母星报

告！”晚久激动地嚷起来，因为缺氧而微微眩晕。那些侵略者形如奇妙的几何体，他可以发誓从未在世界上看到过它们。

“每个替代者都这么说，但没有人能够帮助系统判明情况。”

主系统本该在每天零点收到战况报告，但联络中断了一千年。现在它已经进行了变通，改为询问每个晚上到这里的人。而这样的人也有几百年没有出现过。不能判明情况，主系统就不能主动联络外界，暴露自己的存在。

“你要什么样的证据。我出去给你找！”

“不，依据保密条例，在战争没有结束的情况下，如果你不能证明自己不会暴露避难所，就不能随意离开。”

“那之前的人都到哪里去了？”晚久突然想起这件事，扫视了一圈空荡荡的大厅。

“他们强烈要求离开，愿意为此付出任何代价。主系统经过确认，将他们送出避难所，并依据保密条例，保证他们不会暴露避难所的位置。”它冰冷地回答。

晚久深深地吸了一口气。那些再也没有出现在世界上的人们，下场已经可想而知了。他冷静下来，问：“不离开这里，我要怎么向你证明外面平安无事？我活着，不就证明人类没有被灭亡？”

“侵略者的目标并不是消灭人类，而是用理论上类似戴森球的装置，掠夺蕴藏巨大能量的恒星。就算还有人类幸存，也不代表侵略者没有胜利。主系统需要读取你的身体记忆，请用明确的语言或文字向主系统开放权限。”

“读取记忆对人有什么害处吗？”

“这不会对人体造成任何损伤，不过需要你躺下，以避免昏睡带来的摔倒。”

晚久思索了一下，平躺到地面上：“好，我允许你读取我的记忆。”

一道柔和的光照在晚久的脸上，睡意开始涌现。这时，他忽然想到一个问题，之前的拾荒者应该也愿意接受记忆读取，为什么却无法让系统相信战争已经结束？想到之前系统描述的侵略者，他浮现出一丝不祥的预感。

“你判明胜利的标准是什么？”他问。

“如果战争已经结束，并且人类取得了最终的胜利，那么侵略者掠夺恒星的计划也就失败了。只要能够从你的身体记忆中读取到太阳的真实存在，就足以证明战争的胜利。月亮也不行，因为人工制造出一个类似效果的发光卫星并不难。只有太阳是无法取代的。”

那一瞬间，晚久想拼命挣扎起身，却连一根手指都动不了。

“不！你听我说……”

他想要告诉系统，自己是夜间世界的居民，之前所有的来访者都是夜间世界的居民。因为那个战时生存管制，他们一生都看不到真实的太阳，系统只能在他们的记忆中读取到书本上的太阳。这明明就是系统自己制定的规则，为什么它却未将其考虑进去，肯定有哪里搞错了。

然而，他的舌头麻木，高声的呐喊变成了梦呓似的呢喃。最终，黑色的绝望灌满了他的双眼。

白昼的居民无法在晚上进入这里，黑夜的居民无法向它证明太阳的存在。只要这个致命的矛盾存在，那么系统永远不可能判定战争胜利。这个世界注定无法向母星求援，只能归入毁灭的末日。

如果自己看过太阳就好了，明明他曾经能够一天活动十二小时以上，为什么在那时却又不想看太阳了呢？

晚久一边悔恨着自己的命运，一边不甘地闭上眼睛，开始做起无数个梦，梦到自己诞生于黑夜，在长明的灯火中长大。天空永远是黑色的，黑夜万古不变。在他身边，各种人脸时聚时散，仿佛潮汐的涨落。其中有班长、有上司，却没有朝舞。

严格来说，朝舞从未真正地与他接触过，就如同他这一生中没有见过的太阳。始终有一道阻隔着他们的时间之壁。哪怕薄得仅有一秒钟，也会让他们成为永远无法相交的平行线。

他时而在荒野的满天星光下寻找可以看到日出的坟墓、时而在核心炉控制室面对鲜红如夕阳的警告、时而在黑暗的大楼内部管道中追赶日落、时而在悬崖般的高空平台上等待日出。仿佛他一生都在追逐太阳，却不可得。

渐渐地，他发现不管记忆中的黑夜如何深沉，在某处总会有微弱的光照亮着自己。这光如同耳边若有若无的低语，又好像是轻风从背后带来的拥抱。细细寻找时发现它并不真切，闭上眼睛，却又能感受到它的温暖。

那是从未在他生命中出现过的，却始终照亮着他的太阳的光芒。

从很久很久以前开始，他就追逐着朝舞所描绘的太阳。在她的字里行间，他看到了一个有着耀眼光芒的世界。直到此刻，他才发现，这份光芒的来源不是天空中运行的巨大星体，而是来自朝舞。他憧憬的不是太阳，不是白昼，而是朝舞所在的白昼，是照亮朝舞眼睛的太阳。正是朝舞本身。

在这个濒死的世界上，朝舞的存在才使他没有像其他人那样宛如机器般活着。无论是白天还是夜晚，只要想到她存在，就能让他如同被巨大的光芒所照耀，世界间的一切看起来都会熠熠生辉。

朝舞，就是他的太阳。

梦境突然定格，停留在那个等待日出的清晨，在仅剩的最后一眼里，他的身体本能地在日出与朝舞间做出了选择。模糊不清的意识中没有留下记忆，然而他的眼睛却如实地记录下了他所看到风景。

宛如蚌壳中的珍珠，在黑暗即将合缝而又留有一线的那一刹那，他选择了望向朝舞的脸。在晚久的眼中，那位少女的脸庞明媚。湛蓝的瞳孔里蕴藏着天空的颜色，映出了晚久沉睡的脸以及朝阳升起的城市天际线。

在最初，他就已经看到了自己所憧憬的一切。

“确认太阳存在的证据，战争状态判明解除，向母星发送报告。”

“收到母星回复。战时生存管制中止执行。”

一个不带感情的声音通过电波传遍了整个星球，最终汇入第十七幸存区的分机电脑里。屏幕上的文字跳蹿如疯长的野草，宣布胜利的声音回荡在楼宇间。睡眠舱中的黑夜居民都被唤醒，与日间居民惶惑地对望，各自看到未见过的世界。觉得自己做了一个长长的梦，一个自己只能在黑夜或者白昼中活动的梦。

大厅的天顶缓缓打开，巨大的光芒倾泻而下。晚久醒来，眯着眼睛，依稀望到天顶外有个身影跳下，大喊着向他跑来。

他忍不住笑了。

“时间已经很多了，我白天的同桌。”

/ 自由日

JAMAIS VU

直到第五次的九月十四日，老林才终于头一个察觉到不对劲。

“哎，我怎么觉得我这日子每天过得都一模一样啊。”

说出这句话前，他和另两个合租的单身汉正围坐在客厅的小饭桌旁，为了听个响而开着电视新闻。屏幕里，熟悉的一男一女正播报着国内领导人又在会见国外领导人。屏幕外，另两个住客，唐尼和阿路，低着脑袋，又在边看手机边吃着饭。

为什么要说“又”呢？

尽管每天的日子都是这么过的，但不知为何这一天有些不太一样。这种奇妙的心绪，有些类似于十多年前他初入工厂、面前流过一眼望不到头的零件时那种旧事如新的体验。

想到这儿，这位年近不惑的男人脑海中开始浮现出曾经的意气和惆怅。若不是唐尼及时把他从回忆中拉了出来，可能他们会再拖一天才发现问题。

“你才发现啊，”唐尼正剔着牙给公司新来的前台发微信，“每天上班挤地铁下班挤地铁，活得和上了发条似的。这日子可不是过得一模一样吗？”

唐尼的本名并不是唐尼，他相当中意自己这个电影明星款的英文名，谁要叫他的本名，他反倒会爱搭不理了。不过话又说回来，住客们谁都不记得互相之间的大名是什么了。老林就叫老林，阿路就叫阿路。

老林摸了摸自己宽厚的下巴，仔细地思考了一下，好像不是唐尼说的那么一回事。

“我的意思是，这日子真的一模一样。前天、昨天还有今天，好像都是同一天。你看，新闻里老是这么几件事。”他指了指电视上的那几张老面孔。

随着这个动作，一些原本模糊的记忆便鲜明了起来。比如说，这几天上班乘公交时，司机总是在同一个路口对着一辆红色的车怒骂；在厂里，天天都有同样数量的部件被检查出毛病；回家路上，看到街对面的家具店一直是关门歇业的最后三天……

哦不对，那个不算，这“最后三天”的告示已经贴了快一年了。

“太阳底下没新鲜事。你看新闻联播当然老是这么几个人几件事。”唐尼随意地把牙签往桌上一扔。

老林从他那里得不到认同，又把视线投向了饭桌旁的另一个年轻人。

这位才踏入社会的前大学生吃饭时同样机不离手。左手的拇指有节奏地划动手机屏幕，右手则用不规律的动作在碗里拨弄着筷子，俨然是某种修炼左右互搏的法门。那小半碗米饭被他调戏得欲仙欲死，始终得不到一个痛快。

“阿路，你觉得咋样？”

被喊了这么一声，阿路才猛地回过神儿。他放下手机，三两口把饭扒拉嘴里，愣头愣脑地收拾起桌子。

老林扬手拦住他。“这东西先不急着收拾。我想问你，你有没有觉得最近这些日子有什么毛病？好像过来过去都是同一天。”

“同一天？”阿路困惑地看看老林，又看看唐尼。

唐尼不以为然地耸耸肩。

老林继续说：“今天九月十四号，对不对？”

阿路不怎么确信地看了一眼手机上的日期，点了点头。

“那昨天应该是几号？”

“十三号。”

“前天？”

“十二号。”

老林摇了摇头，掰着手指数：“前天是九月十四号，昨天也是九月十四号，今天还是九月十四号，明天恐怕也只能是九月十四号。一直都是九月十四号。”

阿路莫名其妙地翻了翻日历：“那十五号上哪里去了？”

“毛病就出在这里啊！”老林用力一拍大腿，“搞不好十五号永远不会来了！”

唐尼向女同事发了一条“明天周末，你打算怎么过”的微信之后，懒洋洋地说：“我掐着日子算了算，你也该是到中年危机的年纪了。你这毛病就是在这个钢筋水泥的森林里憋出来的。我的建议是，你出去旅游一下，从一成不变的日子里暂时解放出来。然后你就会发现，生活其实是可以大不一样的。”

“真的吗？”老林摸了摸自己的脸。粗糙的皮肤提醒着他，自己早就不年轻了。难道是已经到老糊涂的年纪了？

仔细想想，其实他从没记住过每天的新闻里到底是谁会见了谁，公交车天天都会有司机骂人，工作上的数目可能只是碰巧。

眼看老林差点就要被说服了，阿路的声音突然冒了出来。“啊！我就说呢！原来是这样！”他举着自己的手机，推了推脸上的细框眼镜，眼睛里射出激动的光。

“我追的文已经三天没更新过了，这绝对不正常。一个两个断更还有可能，但怎么可能所有文都断更了。特别是那本我从初中起就开始追的小说，一天一万从来没断过，我还担心是不是作者猝死了。如果我们一直在重复度过同一天，那就说得通了！”

老林不是很懂他判断的依据，但着实得到了鼓舞。“就是！我才三十出头，没中年也没危机！”

唐尼用看傻子的眼神看着他们，叹了一口气，决定还是把心思放在勾搭新前台上。

微信来了。

“你在说什么，今天才周一呢。”

那一刻，他的心情就像看到某个夜里做过的噩梦突然成真。工作上什么事都有可能会搞错，但他绝对不会数错自己已经去过五次公司了。

唐尼猛地抬起头，视线落在另两人身上。老林嘴里在嘟囔着什么。阿路仍处于某种不明来由的兴奋中，脸上的一颗青春痘都在发红。这两个人显然还有些没搞清楚状况，只有他才清醒地第一时间便认识到了严峻的困境。

再也不会有什么双休日了。

再度睁开眼睛，手机里的时间、网页上的新闻以及朋友圈里发的段子……都明白无误地证明了一件事：他们被困在了九月十四日，而且直到第五次才发现。

他们在客厅里确认了大家遭遇相同的事情之后，都在想谁会第一个跳出来惊慌失措。

老林有些担心阿路，毕竟他是年纪最轻的一个，没经过什么事，不像自己见多识广。唐尼觉得该是老林，因为他岁数最大，恐怕脑筋会有些死板，接受不了这么玄幻的事情。阿路心情的确十分激动，觉得自己得了什么奇遇，将要成为小说主角那样的人物。他倒不在乎谁先吵吵嚷嚷起来，反正都是配角。

他们站了良久，把最佳的爆发时机给错过了。最后，老林忍不住先去上厕所，到底由谁来负责精神崩溃这事也就不了了之了。

日子不会好端端地重复自己，这当中显然出了什么问题，需要纠正过来。遗憾的是，他们中有工厂的质检部小主管，有写策划的普通白领，也有刚毕业的软件销售，没有一个人擅长处理时空问题。

老林向负责科学事务以及负责不科学事务的部门求助，就连街道都跑过好几回了，但都被人当成精神病。阿路则在各种论坛和群里寻求支援，网友们的回复相当丰富多彩，个个不把这事当真。

唐尼不觉得老林东奔西跑能有什么结果，还不如留着力气去烧香拜佛。同时，他也对阿路在网上找到的人嗤之以鼻。他在网站上提了个“一直重复度过同一天是一种什么样的体验”的问题，写下自己的经历，以期待能找到同类。最后，只引来了几个写段子和小说的。小说和段子的质量都不高，这问题到底也没火起来。

在徒劳地度过几次轮回后，他们终于意识到自己是这个世界上正在重复度过九月十四日的仅有的三个人，要救自己只能靠他们自己。

九月十四日。是这一年里的第 257 天，离全年结束还有 108 天。它非常特殊，是唯一既在九月十三日之后又在九月十五日之前的日子。

这么特殊的日子，他们居然重复了好几次后才发现不对劲，着实有些说不过去。

就像是大家一起结伴旅游，飞机落地打开手机后突然飘来一条幽幽的短信。一个半熟不熟的朋友被所有人忘在了出发机场的厕所里，而且一路上没有半个人记起他。

为此，在这间三室一厅的出租屋里，举办了一场别开生面的座谈会。

会上，阿路诚恳地向九月十四日道歉，保证之后每年都会纪念这一天，希望能让它安心离开。而老林则追忆了自己人生中的每一个九月十四日，就连十岁那年在这一天摸鱼时的经历都回想了起来，以证明自己始终没有忽视过这一天。

唐尼旁观着他们的自白，惋惜两个好端端的人就这么疯了。

“这世上，有多少人没关心过九月十四日。祂这么宽宏大量，怎么可能会特意为难我们这三个普通人？”他对着桌上摊到九月十四日这一天的日历说，“您说是不是？”

每个人充分地表达了自己对九月十四日这一天的深切感情后，又意犹未尽地围坐在桌前。阿路打开从大学时用到现在的手提电脑，学习交流有关九月十四日的一切。

“你们看，一七五二年，英国从儒略历转变为格里高利历，从九月二日直接跳到了九月十四日！”他像发现新大陆似的嚷起来。

唐尼看了一眼，点点头。“那又怎么样？”

“没怎么样……”阿路挠了挠鼻子，随即又看到下面，“一九八七年的今天中国发了第一封电子邮件。因此今天被定为网民节。”

“所以呢？”

“我头一次听说这事，就是惊讶一下而已……”

唐尼摇摇头，对阿路的表现很失望：“你光知道九月十四日发生了些什么事，这怎么行？你得讲明白这些事情会有多么深远的影响，这才能显得出这一天的重要。”

他抢过鼠标，拖动进度条。片刻，突然停在了一条上面，露出“就是它了”的表情。

阿路凑过脸：“一三二一年，《神曲》作者但丁逝世。这怎么了？”

“但丁选择在这一天逝世，正说明九月十四日有独到之处。只要记住了九月十四日，就不会忘记但丁的祭日。这在关键时候能有大用处。”

“参加问答比赛的时候？”阿路有些摸不着头脑。

“和文艺女青年聊天的时候。”

“你们俩在关心些什么破玩意儿！”老林终于看不下去了，把两个人推到一旁，重新看了一遍整个网页，指着一条说，“你们看看这条。”

唐尼和阿路异口同声地念：“火车站建成？”

“火车站没在这里建成，我坐火车到这儿的时候就不会被招到那家厂里。那我整个人的人生轨迹就完全不一样了，很多人的人生轨迹都不一样了。可见九月十四日有多重要。”

他们搜肠刮肚地把九月十四日里的各种纪念日都夸了一遍，又保证以后年年把这一天定成自己的纪念日。

座谈会结束后，房间里热烈的气氛渐渐清冷下来。老林坐到沙发上掏出烟盒，破了不在客厅抽烟的规矩。阿路也不再关心百科，转而搜索“重复经历同一天”。唐尼难得地没有对烟味提出抗议，望着客厅里缭绕的烟雾。

“老林，你说我们这样做，真的有用吗？”他说。

“你觉得呢？”

唐尼想也不想，“没用。”

老林苦笑了一下，“有用没用，求个心安。”

“疯了倒是心安了。”

“别想这些有的没的。既然咱们三个人都陷在这一天了，那么就该齐心协力，从这一天逃出去！”老林强调地一挥手。

“我们要怎么逃出去？就靠夸这九月十四日？”唐尼浇了点冷水。

“这几天我一直在想，咱们现在遇到的情况无非有两种可能：要么是哪位神通广大的大人物在拿咱们开玩笑，或者是在做什么试验；要么就是发生了某种科学还解释不了的现象。”

阿路盯着电脑屏幕，头也不回地说：“我觉得是后者，这肯定是某种时空错乱的超自然现象，我们现在就像是在游戏里不断存档读档一样。”

唐尼不屑一顾。“考虑这些有什么用，是哪种有区别吗？”

“对，没区别。”老林出乎意料地赞同了唐尼，“要是自然现象，咱们其实也没什么可做的。既然这个现象无缘无故地突然发生了，那么说不准也能无缘无故地突然消失。咱们只能等着。”

老林弹了弹烟灰。

“要是有某个大人物在插手。咱们就得想想，他的目的到底是什么？他对咱们做出这种事，肯定是想看到某种变化的。要是咱们表现得太过于反常，指不定就会让这位爷觉得这事挺有意思的，值得继续下去。相反，咱们过得像平常一样，说不定他觉得没意思了，就会换个目标。”

“你的意思是？”唐尼听出了点什么。

“做多错多，咱们最好是什么都不做。”他吐出最后一口烟，把烟头用力地摁灭。“咱们假装没发觉，照常过日子。”

阿路问：“现在才开始装作不知道还来得及吗？”

“总比明天才开始装来得及。”

这事就这么定了。

在重复经历九月十四日这一天之前，这里的住客们通常是这样度过一天的。

老林第一个在六点准时起床洗漱，七点出门。阿路才刚刚半梦半醒地睁开眼睛，满脑子都是昨晚上玩的游戏。然而留给他的时间并不多了，如果起床时稍微磨蹭一下，就只能放弃早饭，才能赶得上七点半的那班地铁。

唐尼是三个人中最晚起来的。他的工作地点离住所最近，只需要十分钟的路程。这正是他觉得自己远比另两个住客格调更高却没有搬走的一大原因。

另一大原因，虽然他不想承认，但合租毕竟比独住便宜多了。

在唐尼听着音乐不慌不忙地给自己做三明治时，老林已经到了厂里。虽说老林已经算是个小主管了，但不管是出于工作需要还是个人习惯，他都更喜欢待在车间里。他叼着烟看着那些年轻工人陆陆续续走进来时，满眼都是自己年轻时的模样。

他年轻时可比这些小子勤快多了。

在同一时刻，阿路已经用手机看了一个多小时的网络小说。地铁车厢一打开，他随着汹涌人流挤出来时，总觉得自己和这些人都是某个醉汉喉咙眼里抠出来的呕吐物。脑海里的仙魔大战迅速被打卡时间和业务指标所取代，让他不由得加快了脚步。

阿路踩着点在打卡器上压下指纹时，唐尼也掐准了时间踏进公司。他施施然地走到自己的座位，整理了一下自己当天的工作。依他独创的分类法，工作被分成两大类：一类是可以扔给别人做的工作；另一类是可以留到明天做的工作。就这样，唐尼高效地完成了自己一整天的工作。只等下班的时间一到，他便会头一批踏出公司。

在回住所之前，他会先去附近的大卖场逛一圈，把今晚的食谱决定好。菜钱自然是由三个人平分的，账目清楚。唐尼之所以能够负责这项重任，是因为他在斤斤计较方面的才能得到了大家的一致认可。

等老林照着唐尼的嘱咐做完晚饭，阿路差不多便到家了。他们就把唐尼从房间里叫出来吃饭，这是三个人一天之内难得聚在一起的时间。吃完饭后由阿路负责收拾残局。谁有兴致的话，还可以聊聊天，聊的话题无非就是抱怨上司、客户和生活中的一切。

各回房间后，老林看完几集国产剧后会第一个睡觉，他的作息时间是最固定的。阿路会玩游戏玩到开始担心明天起不来为止。偶尔，阿路会觉得自己过得太过颓废，拿出成功学方面的书籍来啃啃。这样一来，他就能入眠得快些了。

唐尼睡前一直都在聊天，每天的聊天对象都是不一样的女性。如果能摇到一个深夜寂寞的，他也不吝于熬夜到十二点。十二点是底线，除非有再进一步的迹象，否则他就会果断扔下手机。

即使是在他们重复经历同一天之前，第二天也经常和前一天大同小异。有时候，连小异都没有。

习惯了重复的日子之后，就会发现也没什么大不了。忽略掉日历上始终翻不过的那一页，无非就是从七天一重复变成每天一重复，少了双休日而已。

老林一次又一次地走进车间时，心底某种观看自己掌纹般的熟悉感，使他暂时忘记自己正在重复经历着同一日。稳定如常地过日子这一行为起到了缓冲作用，渐渐抚平心中的不安。

他满不在乎地投身于这种日复一日的生活中，期待某天早晨睁开眼睛时能看到不一样的天气。阿路则成天都在看小说，以前追的小说都断更了，他也不往心里去，另找起新的小说看。

有一次，老林忍不住问他：“难道就不会因为看不到结局而难受吗？”

“网上的小说，作者写到一半就坑了的事可多了，早见怪不怪了。”他大大咧咧地笑了起来，大概要等把所有的小说都看过一遍之后才会考虑其他事。

最先扛不住的人是唐尼。

当唐尼连续第三十次踩着点踏进公司时，胃部突然涌起一阵酸水。这状态引起了他的高度注意，每一天他的身体状态会随着时间的重置而重置，今天早上还好好的，完全没有理由生病。对于不断重复的日子来说，任何一种变化都是好的。

他在公司门口思索了良久，终于引起了上司的注意。上司走到他面前，关切地问他是否身体不舒服。见到上司脸的那一刻，身体内部翻涌出来的反胃感，让唐尼恍然悟到这种生理变化的来源。

自己这是上班上吐了。

每天走进公司，格子间里只有一张张熟得不能再熟的面孔。在他们看来，今天只是一周的第一个工作日，虽然令人厌烦但也是生活的一部分。

唐尼却实实在在地连续工作了一个月。可这从来不在他的人生计划之中。这一个月的经历让他彻底明白了一个道理。在被天天重置逼疯之前，自己肯定会先被天天上班逼疯。

当天晚上，唐尼向另两个人宣布自己将不再演戏了。老林怎么劝他都不听，问他接下来打算怎么办。

“凉拌。”他回答。

那一天之后，唐尼就很少在这个出租屋里老实待着了。他每天一大早离开，去各种各样的地方搭讪各种各样的姑娘，基本上不会当夜回家，随着时间的重置才会回到自己的屋子。

从地铁上偶遇的白领到咖啡馆的女招待，只要看对眼了，他就会毫不犹豫地出击。在无限次数的尝试中，总能找到一条通向对方内心的道路。

另两人见他天天出门，次数一多难免要问起来。唐尼逮到了这个机会，兴致勃勃地向阿路传授自己的经验，吹嘘自己只要一眼就能看透女性的内心。

“说实话，这种事情已经没什么意思了，我也只不过就是打发一下时间罢了。”他的抱怨里带着显而易见的夸耀。

阿路听得一愣一愣的。

老林颇不以为然，等唐尼离开后，望向阿路：“怎么，你心动了？”

阿路不好意思地抓了抓头发，没有承认也没有否认。

老林语重心长地教育他：“你不能学他那样。人一旦学坏，就会越陷越深，最后就刹不住车了。你看着吧，那小子很快就不会再满足于找女人，就会去做歪门邪道的事。”

老林带过许多年轻人，这样子的事算是见多了。他长长地吐了一口烟，在烟雾中仿佛见到了许多张可惜的面孔。

阿路陷入了长思，片刻后露出难以置信的神色。“你的意思是，光找女人不够，他还会去找男人？”

老林剧烈地咳嗽起来。

幸好，不管是犯罪行为还是别的什么事，唐尼都及时收手了。第二个月还没过去，他便不再去外面寻欢作乐了，一连几天把自己关在屋子里，只是吃饭时才露个脸。

老林认定他是感受到了这一行为的空虚，对被自己欺骗过的姑娘产生了自责，在饭桌上开导唐尼。

“咱们现在的确可以想做什么就做什么，第二天咱们对这个世界的影响都会消失。但是，咱们做的事会在自己心里留下印子。一旦破了底线，人就彻底完了。你能及时醒悟到自己的错误，这就很好。过去的事就过去了，不要再懊恼了。”

“我懊恼什么？”唐尼奇怪地看了他一眼，从他的欲言又止中读出了些什么，嗤笑说，“得了吧，要不是我还有这么点兴趣爱好，早就熬不下去了。”

“那你怎么不继续了？”阿路忍不住问。

“我就不能休息休息？我也是人，又不是打桩机啊。倒是你们已经连上多少天班了，没问题吗？”

老林瞪了他一眼:“要不是你先跑了,说不定早就有结果了。”

也不知是不是因为少了一个演员的关系，老林假想中的大人物没有一丝动静,日子还是一天天地重复着。尽管没有说出口,但他心里已经清楚，这绝对不是解决问题的办法。

“只会有一个结果，那就是没有结果。我劝你们还是找点乐子，放弃这种毫无意义的行为。”唐尼反唇相讥。

“我……我倒没有觉得这行为毫无意义。”阿路突然插话。

只有他还开开心心，仿佛重复的日子压根没有消磨过他的意志，甚至看上去比没经历重复时更精神奕奕了。因为这，老林心里一直有些嘀咕，自己都快要顶不住了，怎么这小子还这么生龙活虎的。

“一开始其实我挺怕去公司，手上没有客户，对业务又不熟悉。这么多天下来，我对业务已经得心应手，也摸清了客户的脾性。领导夸我上手快，客户也喜欢我。虽然每一天都过得一模一样，但我却觉得越过越开心了。”

阿路有些羞愧似的抓抓脑袋:“虽然这么说不太好，但我觉得重复度过这一天，对我还是有帮助的。”

这个回答让老林仿佛得到了某种模糊的启示。

就在他仔细体味自己心中闪过的灵感时，唐尼率先一步找到了那个答案。他猛地站起身，脸上满是兴奋的光芒，用力拍了拍阿路的肩膀，神情如同刚钻出浴缸的阿基米德。

“对啊！我怎么早没想到！”

在接下来的几天里，他们都聚在客厅里看电影。都是唐尼选出来的，一概以时间轮回为主题。

那电影里的主角都陷入了某种形式的时间重复，但最终大多数都摆脱了。他们所重复的这一天，不是用来让他们在无趣的工作中虚度，而是为了让他们去成为更好的自己，弥补自己的人生缺憾。

“可这只是电影啊。”老林有些不敢确信。

唐尼说：“电影剧情的确是人编出来的，但你敢说它们就没有一点道理吗？至少也传达了一些人生的经验啊。”

阿路感同身受地赞成唐尼的看法：“主角所遭遇的一切苦难都会让他变强，我一定也可以。”

二比一。于是老林也信服了。

他们把《土拨鼠之日》看了十遍，《十二点零一分》七遍，《好孩子》五遍……甚至连《恐怖游轮》都看了三遍。

屏幕里一遍又一遍播放着那些电影，仿佛有某种灵妙的气息降临在这间屋子里，唤醒了他们记忆中最洗濯心灵的体验。在他们的眼中，当下深陷的轮回不再是一种惩罚、一个麻烦，而是改变人生的契机。

阿路眼睛里注满了希望的神采，已经看到了自己无限光明的未来：“对了，那你们的人生有什么遗憾啊？”

“我哪来什么遗憾。”唐尼抓了一把爆米花塞在嘴里。

于是，两人的目光都落在了第三个人的脸上。照理来说，活得越久，遗憾应该越多。

老林摸了摸自己的脸："你们俩为什么都看着我？"

三个人大眼瞪小眼。

DIE EWIGE WIEDERKHR

市中心最繁华的商业街，来了一伙奇怪的客人。那三个人穿着普普通通，花起钱来却有如下山猛虎。他们压根不看门面招牌，一家一家地扫过去，服装首饰家电日用品什么都不放过，就连儿童玩具都买了一堆。面对店员的推销更是照单全收。

这条街上的销售自诩什么样的人都见过，却也没见过这种上到珠宝名表下到鸡毛掸子都来者不拒的邪性买法，认定他们不是刚中了彩票头奖就是刚抢完银行。

店员们所热议的人物之一，老林，正坐在街边一张长椅上，身边堆着大包小包的东西。他手里握着纸笔，喃喃地在纸上勾掉一个个经常在受众为中学生的小说里出场的名牌。

为了找出自己的人生遗憾，他绞尽脑汁列了一张清单，包含手机、名表、汽车、房产等自己想要而没有得到过的东西。

当时，唐尼扫了一眼清单就说："老林，说穿了，你就是觉得自己缺钱啊。"

现在，缺钱对于他们来说，根本不能算问题。他们有一百种方法可以轻易地成为富翁。全不是违法乱纪的事，他们已经约定好绝对不能犯罪。否则就算是成功离开了轮回，也会被关进监狱里。

唐尼平时就喜欢琢磨一些期货，股票之类的玩意儿，朋友圈里有做贵金属交易也有做原油交易的。他还在上班的那段日子，已经把这一天的各种金融产品走势倒背如流。

虽然老林是不太懂，但看到唐尼给他银行账户转入的金额后，忍不住反复问了他好几次干的这种事真不会被抓吗？

现在，老林清单上的大部分东西都买齐了，还买了一堆他临时看中的东西。唯独房子这事稍微麻烦些，主要是手续上的流程比较多，不过只要跑些门路总有办法。

“嗨，老林，别干坐着。我们还有好多东西要买。”唐尼和阿路推着一辆行李车从他面前过去了。

老林的愿望清单同样启发了另外两个人，觉得自己人生中最大的缺憾基本上应该也是缺钱，索性大家一起来买个痛快。他们狂欢般地从南到北一路扫下来，有用没用的东西扫了一大堆，用阿路的说法就是“感觉像活活出了口恶气”。

唯一有些美中不足的就是，没有出现小说里常见的那种狗眼看人低的店员，让阿路有些耿耿于怀。

老林提醒了这两个买疯了的人。“买了这么多东西，咱们怎么搬回去？你别买得太狠了，连车钱都没了。”

“放心，我早就留好车钱了。”唐尼掏出一张银行卡，扔给阿路。“你去买辆车，万一运气好碰上你想找的那种销售，也算弥补人生缺憾了。”

他们买回来的东西连厕所都塞满了。三个人躺在沙发上累得半死，望着堆成墙的商品，感到了一种储满了过冬食物般的充实感。

“到了明天，肯定有人会心痛自己太糟蹋钱了。”老林摸了摸沙发边的一个离子球，手指在水晶球里触发出蓝色的电光。“这玩意儿谁买的啊？”

阿路举手：“我从小就想要一个来玩玩，你摸上去的时候，不觉得自己像有超能力一样吗？”

“半夜上厕所的时候倒是省得开灯了。”老林嘀咕了一句。“还有唐尼你买的那什么动感单车，我倒看看你能用几次，还不如买辆真自行车有用。”

“我们花了这么多钱，还计较那种小钱干什么。”唐尼抬起手腕，欣赏自己新买的手表，“你们看，这可就五十万了，我刷卡的时候手都软了。”顿了顿，他反驳老林，“再说了，老林你买的多功能豆浆机才是一听就不靠谱。”

“不靠谱，那你别喝不就行了。”老林不答应了，非要强调这个豆浆机多有用。

他们把一件件东西拿出来，气氛就像是在拆开一个个圣诞礼物。每一样东西都能引发赞叹和哄笑。他们争论着每一件东西未来的用途，谁都只字不提万一还是没有未来该怎么办。

下一个清晨，老林走出房间时，唐尼已经坐在沙发里了。他的手搁在沙发靠背上，露出手腕上的旧手表。

老林若无其事地说："我今天早上起来就后悔了，我平时又没有喝豆浆的习惯，哪用得上什么豆浆机。"他看了一眼空空荡荡的屋子。"省得我退货了。"

"我也是，"唐尼看了看自己的表，"戴再贵的表，一天也不会变成二十五个小时。"

只有阿路表示了些遗憾，他新买的电脑还没好好玩过。

对于这个结局，每个人心里都有所准备。至少证明了一点，他们都是脱离了低级趣味的人，人生遗憾怎么可能是缺钱这么低俗的事情。

一个方向行不通，他们还有别的方向。

老林发现了工厂订单合同隐藏的一个大陷阱，成功升上了自己梦寐以求的高位。唐尼抓到一个财务上的把柄，把自己看不顺眼的一位主管整了下去。阿路收购了自己所在的公司，当了一天自己的老板。

全都没有用。

"咱们的努力方向应该是对的，只是这些事都不是主要的人生缺憾。"老林给大家打气。唐尼同样认为，没在需求层次排第五层的目标就别拿出来说了。阿路这些日子倒是过得相当开心，但久了也觉得还是缺了些什么。

大家又看了一遍电影，这一回还把网上的影评都翻出来看了一遍。经过一番集思广益，有一个显而易见却一直忽视的问题浮现了出来。

“自打咱们遇上这种事，我就在寻思，为什么是咱们呢？”老林环视出租屋和众人。

他是这间屋子里资历最老的住客，住了足足有三年，简直就像是半个房东。屋子里的好多摆设都是他亲手买的，看到它们，眼前就情不自禁地浮现曾经在这个屋子里住过的租客们。来的每个人都各有各的不同，但又面目依稀相似。唐尼是一年前来的，而阿路刚毕业才来了一个月。在阿路之前也有个阿强，在唐尼之前还有个托尼。

他隐约抓到了些什么，却又不知道该怎么将这种感觉形容出来。

倒是唐尼精准地完成了阅读理解：“我懂你的意思了。我们三个就是三个群体的缩影，是现代社会中的三个典型标本。我们的人生遗憾不仅是我们个人的人生遗憾，而且反映出了整个群体所面对的困境。”

“对！”老林一击掌，“就是这么个道理。只要把我们身上典型性的问题解决了，我们就能脱困。”

大家都觉得这个答案应该靠谱了。

虽然有点自以为是，但他们确实有那么一点点典型性。独独把他们三个困在这一天，肯定不会单纯只是个巧合。他们是被选者，冥冥之中会有双伟大的眼睛关注着他们的一举一动。而他们将找出那个答案，有关生活与生命的答案，给自己和无数如自己般的人一个交代。

这才是这个不断重复的轮回的意义所在。

“我反映了我这个群体的什么问题？我的人生缺少了什么？”阿路举手提问。

要找到答案，那么首先就得找到问题。三个人就这件事展开了热烈的讨论，剖析自己的生活和想法。起先大家都有点放不开，不知道该怎么展现出自己的内心世界。

还是唐尼最先带动起了气氛。

“我是个孤独的人。别看我好像朋友不少，其实从来没有人理解过我。我到处约姑娘，就是为了排解自己内心世界的空虚。我仔细想了想，觉得我缺少的是……”他难得地露出难以启齿的表情，“我说了，你们可别笑啊。”

在大家做出了坚决的保证后，唐尼才吞吞吐吐地说了出来。

“真爱。”

说完，他有些后悔地观察另两个人的反应。没有人笑，而都是一副不怎么相信自己耳朵的表情。

“算了算了，就知道你们会是这么个反应，不说了。”他有些恼火。

老林连忙说：“不不不，其实我一直觉得你就是缺个正经姑娘，没错。”

“啊？你的意思是我以前交往的都不是正经姑娘？”

“不，不是这么个意思，”老林打了一下自己的嘴巴，“意思就是你也确实该找个共度余生的姑娘了。”

阿路好奇地问："你心里的真爱是谁？"

"还没有目标。"

"有什么标准吗？"

"哪来什么标准。"

基本上就是一问三不知。可唐尼却偏偏一副自信满满的样子，压根不怕找不到似的。

"你要怎么知道谁是你真爱啊？"老林和阿路都有些纳闷。

"不停地找呗，谁能让我从这日子里解脱出来，谁就是我的真爱。"

唐尼的答案丝毫挑不出毛病。在他的启发下，阿路很快也找到了自己的问题和答案。

"我想成为小说主角那样的人。"他说。

"哦，挺好，加油。"唐尼耸耸肩。

老林鼓励地说："具体来说？"

"毕业这段日子，我经历了很多事。一个人找工作、找房子……我想你们也经历过的。光是像个普通人那样生活下去就已经竭尽全力了。找到了工作，在公司里渐渐得到同事的认可，虽然这都挺开心的，但这和我当初的梦想好像不太一样。"

"哦，这不是你想要的生活。我懂。"唐尼插嘴说。

老林赶苍蝇似的挥了挥手，让阿路别理会他，继续说下去。

"既然世界给了我这么一次机会，那么我想试试看，我能够成为一个什么样的人。比如说……"阿路想了想，有些不好意思地笑起来，“比如说，当一个超人那样的超级英雄。”

他的眼神里含着纯真的诚恳。唐尼摸摸鼻子，把肚子里的冷嘲热讽压了回去。

最后，只剩下老林了。

他点起一支烟，缓缓地开口。“我高中没毕业就进了城，结过一次婚又离了……”

“啊？”两个人嚷起来。

“不就高中没毕业，干吗像活见鬼似的。”老林皱了皱眉。

“不，后面半句话，怎么从没听你提起来过。”唐尼顿时八卦起来，“到底是怎么回事？”

“没怎么回事，就是一起凑合过日子。后来她嫌我穷，我嫌她不好好过日子。幸好也没孩子，离了就离了。哎呀，你们别盯着这事。”

“怎么能不盯着，万一你的人生遗憾也是要找真爱呢？”

“要这么说的话，我的人生缺憾可多了。小时候没好好念书，长大后没好好孝顺过父母，到现在连个家和孩子都没有……”老林掰着手指数起来。

“别这么说，我们一直都把你当大哥看，你人可好了。”阿路听着有些不忍心。

老林自个儿倒不怎么在意，“这是两码事。你们说我活得失败吧，我不觉得。但要说我活得成功吧，我也不觉得。你们帮我分析分析，我的人生缺憾应该是哪个？”

“这种事情还是得你自己想出来。”唐尼毫不含糊地推开这个责任。

阿路则说：“唐尼追求的是真爱，我追求的是梦想。你的目标应该是同一类的东西，但和我们又要区别开来。”

老林开玩笑地说：“好东西都被你们占了，还有什么剩给我啊。我要是能太平度过下半辈子，就心满意足了。”

“你就没什么特别想做的事吗？”阿路问。

他摇头。

“那么，一直以来都没有想做的事，这不就是你的人生遗憾吗？”唐尼一语道破天机。

老林愣住了，忽地陷入了沉思。渐渐地，他脸上泛出某种明亮的神色，直到烟烧到手指才猛地回过神。他一甩手，把烟头豪气地碾扁：“你说得有理！我这一辈子过得太糊涂了，我要找出自己到底想怎么过！”

那一晚上，他们举办了一个宴会，庆贺大家找到自己的人生目标。素来滴酒不沾的阿路喝了个酩酊大醉，唐尼深情地高声嚎着歌。隔壁邻居来提抗议，老林就伴着砸门声跳舞。

一直闹到深夜，第二天，他们各奔东西。

虽说每一天清晨他们都会回到这个屋子，但他们已经不再会聚在一起聊天吃饭。互相间撞见了只会打个招呼寒暄两句，然后便忙于去实现各自的梦想，就像是彻底摆脱了自己原本的生活般摆脱了这个地方。

阿路看过许多有关超级英雄的电影。几乎每一部电影里都有这样的镜头，主角站在高楼大厦的顶端，地面上的一切都细小得让人眩晕。镜头转动，晴空下的玻璃或是夜空里的灯光耀眼生辉。

“我一直很想知道那是一种什么样的心情。是会觉得像在俯视芸芸众生，还是说其实和当高空清洁工差不多？”

此刻他正坐在高楼天台的外沿，双腿悬空与地面上蚁聚的人群相隔了五十层楼的高度。一个衣着凌乱的男人站在几步之外，用一把尖刀死死顶住一个瘫软的女人，对着他发狂大吼：“这事和你没关系，这个女人骗走了我的一切！我要她把钱都吐出来，不然就要她偿命！”

阿路抬手看了一眼手表。

“再过三分钟，天台楼梯口就会有人来和你谈判。不过最后谈崩了。在你捅死这个女人之前，已经瞄准你的狙击手会开枪命中你的背后。但他们没想到你把自己和这个女人绑在一块儿，一起摔成了肉饼。”

男人迟疑不定地左右张望：“你——你是什么人！别想吓唬我！”

“其实那个女人不是主谋，她也是被你的合伙人给骗了，只是她现在还没有意识到。”

他表情愕然了一下，旋即用力摇头：“不，我不相信！你是他们派来劝我的！你说的话我一个字都不会相信！”

“我劝过你无数次了。最快的一次也花了一个小时，说得我嘴都干了。今天我忘记带茶，而且也赶时间，就不劝你了。”

阿路缓缓站起身。

那男人这才第一次看清阿路的模样。明明只是个身材瘦弱的年轻人，但眼睛却亮得摄人，散发出一种与外表年纪不相符的沉静气息。那男人与阿路对视了一眼，被那双眼睛微微镇住，失神了片刻。

在稍纵即逝的刹那，阿路身形微微一晃，踩着奇异的脚步，瞬间逼近。然而就在这时，警察自楼梯口出现，大喊起来。男人猛地回过神，看到阿路的脸已经贴得极近，下意识地一退后。一脚踩空，摔落下去。

阿路不假思索地跟着跃了下去。一口咬住男人松手失落的刀，省得它落地伤人。左手拎住男女的衣服，右手甩出一根皮带，缠住了边沿栏杆。三人在空中如钟摆般大幅晃动，改变了下落的方向，掉进一扇被卸开玻璃的窗口。

等到警察赶到那间房间，里面只剩下瘫软在一起的一男一女。楼下有人用手机记录了这神奇的一幕，发到网上后引起了热议。大多数人都大呼不可思议，也有人敏锐地察觉到那个被弄坏的窗户才是他们逃生的关键，这件事只能用偶然的奇迹来形容。

阿路此时已经坐在出租车上，赶去找下一个需要他帮助的人。他通过手机看到这些评论，莞尔一笑，回了一条：“无他，唯手熟耳。”

随后，他猛地抬起头，喊住司机：“师傅，停一下！”

车猛地减速，错过了一个绿灯，司机奇怪地回头望着他。

“没什么，我以为自己看到了一个熟人。”阿路向司机道歉。

一只野猫从前方的路口快速蹿过，丝毫不知自己差点被车碾到。阿路从后视镜里瞄了一眼尾尖带白的野猫，在心中的日程表上又划掉一项。

在经历了无数次轮回之后，整个城市已然在他的脑海中具化成了一个个坐标和时间点。八点要在地铁里救治一个突发心梗的上班族，九点要阻止一场车祸，在救下高楼上的两人后，紧接着又得消除一场火灾的隐患。

每当他构想出一个完美的行程表，能够顾及一天内出现的所有灾祸时，往往又会发现新的事件。他紧接着会制订更周密的计划，学习更多的技能，有时候甚至要搭上几条性命才能找到解决问题的最佳方法。

在一次次的轮回中，他抽空通晓了急救术和心理学，学会了在几秒钟内打开紧锁的车门，还知道怎么从常见的化学制品里制作炸弹。

虽然锻炼的效果不会留下来，但内心的强大和战斗的经验可以。他第一次在黑夜里遇到持刀歹徒时，惊慌失措地拼了个半死才赶跑对方。而如今他已经能冷静地走进犯罪分子的藏身处，用一张折凳制服一堆凶徒。

尽管现在他还没有把所有的事件都穷尽，但随着轮回次数的增长，他已经隐约触到了某种命运的轨迹。有的时候，他做了一些微不足道的小事，便消解了一场弥天大祸。或许到了某一天，当他能够掌握蝴蝶扇动翅膀造成的所有影响，就能拯救这一天里所有能够拯救的对象。

“麻烦开快些，我要一刻钟之内赶到。”阿路看了看手表。

“小伙子，这时间有点赶啊。”

“没事，只要你开快些就能赶上的，”他确信无疑地说，“总能赶上的。”

出租车加速，掠过街边的露天咖啡座。唐尼独自坐在那里，专注地读着一本意大利文版的《神曲》。一位短发蓝裙的姑娘坐在他对面，长得不算特别漂亮，但笑得很甜。

“这位先生，你把书拿倒了。”

唐尼微笑着把目光转到姑娘的脸上，用流利的意大利语倒背起诗篇。他知道她听得懂这门语言，同样也知道她发丝的香味以及她的一切。

那位姑娘的神情顿时化作了满眼的不可思议。

“平时我都是正着读的。不过，今天是作者的祭日，我觉得该做点特别的事。”他说。

接下去将发生的一切事情他也能倒背如流，然而他却不打算再照此发展。他把书本放下，让姑娘的视线被吸引到他摊开的那一页上，上面写着一行端正的文字。

“请去检查身体，你有胃癌的早期症状。”

姑娘愣了一下，联想起自己最近的身体不适。她抬起头想问个究竟，却发现刚刚的路人已经不知所踪。

唐尼漫不经心地穿过大街，随意地走进一座最普通的公园，坐在长椅上逗猫晒太阳。这个城市散满回忆，哪怕在这座公园，他也能够想起在这里遇见过的三个姑娘。

无数个轮回以来，他高攀过梦中才敢幻想的明星，也爱慕过街边的平凡姑娘。他精心挑选过门当户对的对象，也有过让缘分来决定一切。他曾经疯狂地每天与不同的人相爱，也同样疯狂地五十次与同一位姑娘相恋。

不管他抱着什么样的态度，经历过何等轰轰烈烈或是普普通通的爱情，时间最终都会抹去一切。睁开眼时，枕边依然空空如也。前一刻还海誓山盟，下一刻已经是陌路人。

“我离看破红尘大概只差一个光头了。”他一本正经地问猫，“你说我是不是该换个人生目标了？比如说当个哲学家什么的。”

猫自顾自地舔着自己的爪子。

“算了，回头再说，反正时间还有的是。”

他懒洋洋地仰倒在长椅上，望着一架飞机在天空中拖出长长的尾迹。这架飞机降落时，老林正在机场，皱眉读着一份海外旅游须知。

这段日子，老林一直在琢磨怎么过上和之前不一样的生活。

戒了烟和酒，拼命吃最不喜欢吃的食物，穿讨厌颜色的衣服，还染了一头黄毛。上次在路上遇到一个熟人，硬是没有认出他来。

年轻时没有读完书，他就自学了大学课程。没有人给他发毕业文凭，他自己跑到大学里拍了一张毕业照。还利用业余时间学会了一门乐器——唢呐。

其余的时间，他花在了到处旅游上。尽管很多时候光是路程就要耗去一整天，但毕竟算是去过了远方。在旅途中还结识过几位女性，不过终究还是觉得哪里别扭，没有深入发展下去。

这样的日子过久了，他甚至有些怀念厂里。尽管工作千篇一律，但好像还是在车间里让他觉得更自在。有时候，老林在大街上望见阿路的英雄壮举或是唐尼正在和姑娘约会，就会反思起自己这种不思进取的态度。

今天他头一次坐上出国的航班。虽说目的地只是一个免签的小国，但已经是他竭尽所能可以到达的最远之处了。只不过他能买到的航班夜间才出发，盼着能在凌晨之前离开国境线，也算是呼吸过了异国的空气。

这一点点遗憾，在他俯瞰夜空的城市时便烟消云散了。星罗棋布的灯光，忽地在他心里触动起一股陌生的感动。

虽然他不是很懂自己被什么感动了，但这显然是一个好兆头。算起来，如果不是因为重复一天天的日子，自己绝对不会起心思坐什么夜间航班，也就见不到这样的风景了。

之前，尽管他一直都在努力改变自己的生活，但也有些心不甘情不愿，不知道自己这么做到底有什么意义。而这一刻，他仿佛领悟到了什么，感觉这一刻才真正经历了不一样的人生。

零点将至，他细细地体会着心中的感动，久久地望着窗外，直到地面的风景被厚厚的云层掩盖。夜空中的星光一丝也透不到地面上，整座城市像是被一个大盖子捂住了一样。

云层下，阿路和唐尼也正经历某种类似的体验。

阿路完成了一天的日程表，坐在整个城市的最高处，透过望远镜扫视四方。唐尼与今天刚认识的姑娘约定好了明天再见，一个人走在昏暗的街道上。

这本该是一天里心情最为虚无的时刻，他们所做的一切都会随着即将到来的零点而化为乌有。他们都尽量避免去思考这件事，但偶尔也会难以自拔地思索起自己的行为到底有没有意义。

今天就是这样一个心绪难平的日子。

可不同以往的是，阿路的脑海突然冒出一个念头。被困于重复的会不会仅仅是他们三个，而其他人会照常度过这一天？那么，他被困在了这一天里，寻求着拯救所有人的办法，正是为了令世界能够在明日美好地运行下去。

这个念头在他心中迅猛生长，他仰望天空厚实的云层，仿佛启示从那之上降临。

这一刻阿路热泪盈眶，感到自己所做的一切没有白费。

唐尼则是因为发现自己压根忘记了今天见面的姑娘长什么样子，才意识到一件事。与他相爱的姑娘如果足够多，那么所有的人都将模糊了面貌，成为一种象征。到时对于他来说，对象是谁已经根本不重要了，他所爱的不是某个人，而是爱本身。

忽然间唐尼心中泛起对于某个面目不明的姑娘的柔情蜜意，仿佛在夜空中看到了爱神的身影。

同一时刻，三个人领会到了一种大彻大悟的心境，灵魂深沉宁静而无忧。在最高空的老林甚至感到自己沐浴在一片白光之中……

不对，是真的有光。老林猛地回过神，定定地望着光源，嘴越张越大，直到可以塞进一个橙子。

第二天，阿路和唐尼没有立即离开出租屋，都想把自己经历的神秘体验分享给同伴。双方在客厅里碰面后，第一眼便从对方的眼神里发现了相似的光芒。他们都已经深刻理解了人生的意义，灵魂升华到了同一种境界，不再需要语言，有某种更为神圣的东西连接着他们的内心。

老林房间的门被猛地撞开，粉碎了这和谐灵妙的气氛。

“你——你们看到天上那玩意儿了吗！”他气喘吁吁地说。

“什么？”

这一天夜里，三个人在飞机上看到了老林昨天见过的白光。

云层上，一艘庞大的菱形飞船破开虚空，在黑夜中闪耀白银的光芒。从飞船的腹部降下巨大的光柱，轰穿了整个星球。在被黑暗吞没时，三个人残存的意识依稀发现，轰击的中心恰好是三人所在的那间出租屋。

404 NOT FOUND

一过十二点，不管这三个人身在何方，都会眼前微微一黑，就像是有沙子吹进了眼睛。等再睁开时，他们已经躺在了出租屋的床上，一切一如这一天刚刚开始。

本来他们都以为设定就是这样的，就像灰姑娘一到十二点必须离开舞会一样。

但经过几天的观察，他们发现真正的原因是那时候会有外星人炸了整个地球。地球都毁了，他们自然而然就眼前一黑什么都不知道了。

至于他们为什么会陷入重复之中，最靠谱的理由就是他们的出租屋正好位于攻击的中心。那股足以毁灭星球的强大力量造成了某种时空扭曲，令这间屋子回到了九月十四日刚开始的那一刻，和什么弥补人生的缺憾、寻求生命的意义没有一丝一毫的关系。

单纯就是命运开的一个玩笑。

发现这一点后，气氛稍稍有些尴尬起来。他们之前经历了那么多事情，从中得到的感动虽然真实无疑，但总有种表错了情的微妙感觉。

老林瞟了一眼唐尼。作为弥补缺憾理论的最先提出者，他显得十分豁达，拍了拍手掌，“好了，别再想之前的事了，我们要想想未来。”

“我觉得只要阻止外星人毁灭世界，我们肯定就可以从这个轮回中解脱出来。”阿路的眼睛里闪动着轻松的光芒。在当超级英雄的这段日子里，他已经学会了不管面对怎样的绝境都不要放弃希望。

老林就没有那么自信：“那可是外星人啊，咱们要怎么做？”

“相信我，这事肯定比寻找真爱简单。”唐尼半开玩笑地说。

老规矩，他们又转而寻找有关外星人的科幻电影看，把《E.T.》《第三类接触》《黑衣人》《第九区》《银河系漫游指南》《保罗》等都看了七八遍后，他们终于明白从电影里得不到答案。

他们早在上一次看电影时就该明白这个道理。

在前二十个轮回里，他们用各种方法试图提醒世人达摩克利斯之剑已经高悬在顶。航天局和 NASA 都没把他们的警告当一回事，伪装成特异功能者和气功大师的计划也失败了。

最惨的一次，他们三个人都因为扰乱公共秩序被拘留了起来。

“所以说你跟一群老太太说这种事有什么用。”唐尼叹了一口气。

老林嗫嚅：“我这不是想着，万一他们家里有谁在当大官，会重视起来吗？”

“可不就重视起来了，把我们当成邪教一锅端了。”

阿路沉静地打断他们的争执：“我们这样子下去不行。就算国家信了我们的话，你觉得这个世界上有可以和外星人对抗的力量吗？”

面对那股毁天灭地的力量，整个星球就像是一颗糖豆似的被人摁碎了。

“兴许国家有什么秘密武器……”老林这话说得自己都不怎么信。

唐尼问：“那么你有什么办法？”

“武力是肯定行不通的，我们得想办法和外星人交流。由政府出面来交流，和我们自己来交流，并没有什么区别。我们自己来办这事更方便些。要交流，我们就要解决两个问题，一是语言，二是交流的手段。至于外星人为什么要毁灭地球，该怎么说服他放弃这个念头，这些问题可以先放到下一个阶段再详细思考。”

唐尼赞叹：“你这超级英雄还真是没白当啊。”

“可这头两个问题就没处着手啊。”老林发愁。

“一般人是没处着手，但我们不是一般人。”阿路自信满满地比画起来。

同一个拘留室的人远远地坐在房间一角，宛如看到精神病一样望着热烈讨论的三个人。

九月十四日晚，一伙劫匪劫持了机场的一架飞机。

没有人知道那三个家伙如何能把那么多违禁物品带过安检。他们利用了假身份登机，把所有乘客赶下飞机，有个旅客信誓旦旦地宣称劫匪从他行李的一个小玩具里拆出一个电动马达，用来组装一个古怪的机器。可是他完全不能理解劫匪怎么知晓他行李里有这么一个玩具。

之后劫匪提出一堆混乱的要求，一会儿要求几个亿的现金，一会儿要求国家队向全国球迷道歉。趁着一片混乱的时候，飞机突然从清空的跑道上直接起飞，俨然由老练的飞行员在驾驶。

有关方面对这件事高度重视，几乎都想调高射炮来了。可是那架飞机只是在城市上空盘旋，不知道葫芦里卖着什么药。

三个劫匪挤在驾驶舱里，一个个摘下头套。

老林长长地吐了一口气："咱们就不能弄个透气性好些的头套吗？可闷死我了。"

唐尼轻松地说："这次你猜我们能和那个外星人说上几句话？"

"不管说多少句都好，但别再说一模一样的句子了，根本没办法分析。"阿路边说边飞快地运动着手指，将一个个看似毫无干系的零件组装成一个信号发射器。

光是发射信号可不够，他们还像求偶的鸟似的，边发射信号边飞舞出各种图形。直到用上中国结图案，才成功引起了外星人的注意，开始收到一些有规律的奇异信号。

那之后的交流都不怎么成功，他们解读不出接收的信号，估计外星人也对他们发出的信号有些莫名其妙。毕竟他们一直在从言情小说里摘抄台词发给外星人。

他们一开始尝试过正经和外星人交流，发送请求帮助和投降的信息，然而每次不超过三句话，交流就会中断。反倒是发一些意味不明的话，更能延长交流的次数。他们测试过许多次，发现外星人对言情小说台词最有交流欲望。

不过一到时间，世界还是会毁灭。

他们坚信只要累积足够多的次数，终究能够解读出外星人的语言。至少如今他们已经学会了外星语里的问好。

具体来说是“嘶滋拉滋拉噼噼啵”这一句。

这一发现来得有些偶然。他们会不时地把接收到的外星信号原样发给外星人，外星人回答的各不相同。只有一段信号会让他回以相同的信号，并且在该次对话中反馈了更多的信息。

他们敏锐地认定，这一段信号肯定传达出了某种友好的意思。可惜除了这一点之外，他们对外星人的语言还是知之甚少。今天本也是一次普通的测试。那艘从不误点的宇宙飞船，于一天还剩五分钟之际自天顶准时出现。他们立即抓紧时间向这艘飞船发了三个问候。

一般的定例是互相发一句问候，但阿路今天突然想看看反复强调同一句话，会不会引发不同的反应。

对方确实有了不同反应，而且比他们预想中的更加强烈一些。

当他们把那个信号发送了三遍之后，驾驶舱内突然照入一束白光，凝聚出一个虚幻的身影。

刚开始试图接触外星人之际，三个人就争论过好几回外星人应该是什么模样。老林心目中的形象是个小灰人，唐尼则认为那肯定会是超过人类想象的恶心怪物，而阿路觉得最开始的接触对象会是某种机器。

所以，当一个戴着金链子的章鱼出现在他们面前时，他们一点都没有陷入惊慌，觉得理所当然。直到那只章鱼喷出纯正的普通话，才让他们有了一丝超现实感。

“我不是很明白，我哪里得罪你们了吗？为什么要用那种低俗的话来攻击我？”章鱼礼貌而愤怒地说。

“你原来会说咱们的话啊！”老林嚷起来。

“不，我并不会说，是用了心灵感应让你们直接理解我的话，我不知道你究竟听到了什么，也不想知道。我对你们这种低俗种族的语言不感兴趣。”

阿路不解地说：“低俗？不，您大概是误会什么了，我们还以为这句话在你们的语言里代表了问候。”

外星人皱了皱眉头。“我不知道你们是从哪里得到这种错误的认知，如果换了另一个脾气比较暴的家伙来，早就把你们全从这个世界上抹掉了，更不用提你们竟说了三遍。”

唐尼发觉事情和他们想象的不太一样，便把之前接收到的几句外星语发给它听。“这几句话又是什么意思？”

“虽然都不比上你之前发的，但一个有修养的人也不该把它们挂在嘴边。”

事实上，“嘶滋拉滋拉噼噼啵”在宇宙间几个主要文明中都是最不可描述的侮辱词汇。以至于有一种学说认定这些相隔数十亿光年、历史相差几百万年的文明属于同种同源。当一个人遭受这种辱骂时，除了这句话本身之外再也找不到相同程度的回敬了。

“哎呀，这是误会，全是误会。”老林连忙打圆场。

“误会？”外星人有些狐疑。

唐尼随口撒了一个谎：“上一次也有个外星人来到这里，我们给他发了一些小说台词，他就回答了我们这些话。我们还以为是他特别爱看这些小说，是在向我们问好。”

外星人看过他们原本即将发给他看的言情小说台词后，严正地指出：“给一个陌生人看这种东西，不管他是不是一位异星生物，你们的行为都未免太过分了。”

在他们诚恳地道过歉之后，外星人看上去才算消了气。他们觉得它还挺好说话，连忙直奔主题。

“请问您为什么要毁灭我们的星球，看您也不像是不讲道理的人啊。”

“你们的星球……”章鱼嚅动了一下口器，挺诧异的，“不，这不是你们的星球，而是属于外银河区网络公司的。这星球是星际网络的一个节点，运行的时间久了，就生出许多系统碎片，影响了网速。上面派我来把这里重启一下。”

它的语气就像是网络卡了所以要重启路由器一样理所当然，以至于三个人费了一点力气才理解，系统碎片就是指星球亿万年来演化出的一切，而重启就是指把整个星球炸了重新做一个。

阿路难以置信地嚷起来：“你炸了我们的星球，杀死了亿万生灵，就为了这种事情？”

“这可是一件大事，网络不稳定的话，就会影响上亿星球收看星际弹球总决赛直播。上面的人命令我必须在今天解决这个问题。”

“那我们怎么办？这个星球上的生物该怎么办！”

“我们公司让你们在这个星球上白住那么多亿年已经够仁义了。再说了我们只是炸了星球，又没把你们全杀光。你们的文明自己没有发达到足够离开这个星球，这也要怪我们吗？”

章鱼一摊触手。

“哪有这种道理！”阿路愤怒地扑上去，想给它一拳，却什么都没扑着。全息影像略晃了晃，他撞在另一边的墙上。

“我知道这是一件很遗憾的事。不过你们也得看开点，这个宇宙里比你们短命得多的文明可比比皆是。我知道的最倒霉的一个网络节点，就因为我们公司的一个用户随便共享无线密码，整个文明都被病毒污染了。”

“难道就没有什么变通的法子吗？再给我们一点时间……”老林试着商量。

“我倒是无所谓，但上面的人不会同意的。”

唐尼咬牙说：“解决网速问题，难道就没有别的方法吗？”

“有，”章鱼说，“主要是星球表面乱七八糟的东西太多了，只要把这里变回四十六亿年前的样子，网速也就能恢复正常了。

这正是我等会要做的事。”

零点一至，白光落下，毁灭一切。

绝望笼罩着整个出租屋，三个人在各自的屋子里关了十天，谁都不出门。到了第十一天，老林实在有些受不了了，出门去了一趟菜场，回来做了一桌子菜。

阿路在菜烧到一半时便被菜香吸引了出来，而唐尼直到两个人开始动筷子时才冒出来，埋怨怎么没人叫他吃饭。

“所以咱们到底该怎么办？是这样子永远混下去，还是干脆叫外星人行行好，把咱们一起弄死算了，省得老这么折磨人。”老林叹了一口气。

“当然是想办法拯救世界。”阿路斗志满满地说。

唐尼扬了扬眉毛：“有办法了？”

“没……”阿路的情绪稍稍低落了下，很快又鼓起劲：“你说我们想办法弄个核弹来怎么样？”

“有的时候我还真是羡慕头脑简单的人。”唐尼耸耸肩。

整个客厅渐渐恢复了生气，他们这才想起自己有太久没有这样聚在一块儿吃过饭了。每个人起先是各忙各的人生理想，随后又为了寻找对抗外星人的方法而努力，压根就没有好好吃过一天的饭。好像不是在忙这个，就是在忙那个。结果到头来尽是些没有意义的事。

这个世界将与这一天同时结束，一想到这件事，他们便觉得嘴里的饭菜有些没滋味了。

所以，阿路提议改吃烤章鱼，顺便解解气。但老林指出，在这种时候，他们需要做的事远远比吃烤章鱼更多。唐尼对此深表赞同，于是他们又配了一件啤酒。这一顿便算是完美了。

微醺时，老林摇晃着啤酒瓶说："其实我一开始就觉得咱们多半是没办法摆脱这一天的。这世上的事，哪会有像电影一样大团圆结局的。"

"电影都是为主角准备的，我们又不是主角，谁都不是。这个轮回压根和我们就没有关系！说什么弥补人生缺憾，什么追寻真正的自我，如果时间能倒流，我肯定先掐死自己！"唐尼也有几分醉了，用力拍了拍阿路的肩，"还是你当英雄爽。"

阿路大口灌着啤酒。"对，确实很爽。不过，当了越久的英雄，我就越明白一个道理。如果不是能够不停地读档，我要么就会弄死自己，要么就会弄死别人。果然我到底当不成主角。"

"这一切都不关咱们的事，倒也算是松了一口气。"老林叹了一口气，"说出来不怕你们笑，让我弥补什么人生缺憾的时候，我就有点不情愿。拯救世界也是没办法。我不想和外星人打交道。现在知道没有救了，倒也轻松。"

"我也有这种感觉。我就觉得我们陷进这一天后，太想逃离出去了。虽然做的事情都是我们自己想做的，也确实帮到了我们，但又总觉得被谁逼着去做似的。不做不行。"

唐尼愤慨地骂了一句，干掉了一罐啤酒，继续说。

"我们总要做点什么事，我们觉得自己必须做点什么事，但其实压根没有非我们去做不可的事情。全是我们自作多情！我们全在做些毫无意义的事！这整个世界都在玩我们！现在，我宣布，老子不陪他们玩下去了！”

恍惚间，他也说不清自己嘴里所说的“他们”到底是外星人还是这整个世界或是别的什么，只觉得喊出这句话，心情突然一阵轻松，仿佛得到了某种解放。

老林用力一拍大腿：“对，不陪他们玩下去了。重复就重复吧，总停在这一天也不错。”

“也别拯救世界了，我们连自己都拯救不出去，还扯什么拯救世界。”阿路最终还是认清了现实。

三个人突然间意外地达成了共识，陡然安静了下来。

老林小心翼翼地问：“咱们真的什么事都不管了？”

“不管了！”阿路斩钉截铁。

“也不再照着什么目标过日子了？”

唐尼认真回答：“没有目标，想怎么过怎么过。”

三个人互相望了一眼，陡然发出一阵欢呼声，几乎把整个屋顶都掀翻了。他们自打重复度过同一天之后，就没有这么轻松快活过。如果不去考虑世界的毁灭，不去思索生活的价值，他们可以有无数种方法尽情享受这一天。

可以做任何自己想做的事，可以不做任何自己不想做的事。在这个不断重复的一天里，他们俨然就是支配一切的神明。

此时此刻，他们只想做一件事。

“虽然咱们不是那只章鱼的对手，但咱们的世界就这么被毁了，咱们能一声不吭吗？”老林抓起最后一只烤章鱼。

另两只手猛地伸出来，把这只章鱼撕成了三份。

“休想！”

“不能！”

九月十四日，对于这个世界上的绝大多数人来说，都不过是个平淡无奇的日子。

无数人习惯性地醒来，吃饭出门，在路上看看新闻、上上微博、刷刷朋友圈。浑然不觉常用的网站和 App 被人挂上了木马。各种系统中那些从未有人发现的全新漏洞，被同一种病毒利用，在十二个小时之内感染了世界范围内可以被感染到的绝大多数终端。

在数十个年头的九月十四日中，这个病毒的传播，失败过成千上万次。经过一次次的调整和修正，三个人全成了电脑专家，才终于在今天让传播的进度条走到了足以实施他们计划的一步。

出租屋内，三个人注视着屏幕，为了由谁来启动病毒而争执了一会儿。老林认为该由阿路来启动，他在编写代码上付出的精力比任何人都多。阿路则认为应该由老林带头启动。唐尼把可以打破平衡的一票投给了自己，觉得自己的功劳最大。

最后，三个人一起按下回车键。

那一刹那，病毒被激活，执行了一段实际上对任何人都无害的代码。所有被感染的终端，包含但不限于手机、电脑以及扫地机器人……一切能够以某种形式发出声音的电子产品，在这一刻都被同一个声音所占据。连同广播电视也陷落了。

人类的文明史上，从未如此一致地发声。从整个星球的一极到另一极，文明可以触及的每个角落都回荡着同一个不断重复的声音。

嘶滋拉滋拉噼噼啵……嘶滋拉滋拉噼噼啵……嘶滋拉滋拉噼噼啵……

所有被感染终端的正常使用都没有出现任何问题，单纯只是在发出“嘶滋拉滋拉噼噼啵”的声响而已。

所有人都陷入了困惑和程度轻微的惊惶，没有人明白这段声音到底代表了什么。整个地表上，只有一间小小出租屋里的三个人明白这个信号的真正意义。

在全世界都陷入混乱的时候，这一切的始作俑者们正站在城市的顶端，对着天穹竖着中指。他们一边大笑着，一边尽自己的想象力变着花样咒骂该死的外星人、该死的命运以及这个宇宙中的一切。

这行为没有任何意义，不代表任何人生理想，对拯救世界丝毫没有帮助。

但那又怎么样，他们被困束于无限的重复之中，曾为自己的言行寻求意义和理由。最终，他们发现这个世界已经不跟他们讲道理了，那他们为什么还要和这个世界讲道理？

他们从正午吼到黄昏，吼得口干舌燥，一个个瘫软在天台上，脸上挂着微笑呼呼大睡。

在他们的梦中，这个星球向着地外发射不可描述的脏话。在这个信号衰减直到消失为止，都将向着广阔宇宙中的每一个能够理解这句话的高等文明，献上一个即将被毁灭的星球上三个渺小生命的致敬。

病毒造成的风波来得快去得也快，很快各种系统安全补丁就发布了出来。到了晚上，除了有少数故意为之的人，已经没有多少地方还能够听到这段声音了。

他们被夜风吹醒。阿路睡眼蒙眬地问了一声："现在几点了？"

唐尼看了一眼手表："一点了。"

"一点了啊……"阿路嘀咕了一句，一个激灵，猛地坐起身，"一点了？几号的一点？"

他这一吼，三个人全清醒过来，用各种途径确认现在的时刻。

得到的所有答案都是同一个：现在是九月十五日的凌晨一点。

在很久之前，在他们还没放弃希望的时候，曾经商量过如果有一天发现时间恢复正常了该怎么办。

首先是绝对不要互相掐肉来确认是不是做梦，这样太蠢了。其次是绝对不要惊慌失措，要淡然地就像是平常地度过了一天。最后是不要去追究理由，最好是提也不提曾经发生过这种事。既然已经度过了这一关，那就下不为例了。

万一把九月十四日又念叨回来该怎么办。

以上三条，谁破戒了就请客吃饭。

前两条大家都做到了，只有最后一条谁也没办法忍住。大家互相观望了一阵，终于还是有个人更加没办法忍住。

“该死，为什么会这样？”竟是唐尼，“难不成我们把外星人骂跑了？”

大家都觉得这种可能性微乎其微，但又想不出其他的解释。果然一如他们之前就考虑到的一样，追究理由也毫无意义。

比起追究理由，他们现在面对着另一个迫在眉睫的现实性问题。

“现在整个大楼都关门了，咱们该怎么从这个鬼地方下去？”

离开这个偏远星球的那个晚上，那只章鱼在维护日志上增添了冗长到谁也不愿意去查阅的记录。除去那些为了显示自己工作很繁忙的部分外，核心意思只有一句话：

该节点流出大量违禁语句，违反了本宇宙的法律法规。因此，系统已经将该节点自动屏蔽，再无更新维护的必要。

上传完日志，它打算用节省下来的几百年给自己放一个短假，轻松愉快地飞向了最近的度假星系。

明天，又是新的一天了。

/ 二重心音

第一回

十五年后的心音环视教室，夏重能去的每一个地方都找过了，只剩这里了。明明书包还扔在教室，人却不在。

壁橱的门被锁上了。

她鼓足勇气，掏出发亮的短刀撬开了锁，心怦怦直跳。心情期待且不安，如女人十月临盆将要生下孩子，见到那个她最亲近也最陌生的人。

满身尘土的夏重，果然就婴儿般蜷在里面，瘦小无助，发着低烧。她宛如珍宝失而复得，不顾肮脏，紧紧地把他抱进怀里。

十六岁的夏重迷迷糊糊地睁开眼睛。

“你是谁？”

“我是你来自未来的恋人。将来，你会拯救我，成为我的另一半。”

“从未来回来？为什么？”

“为了我们的相逢——”心音轻轻盖住他澄净的眼睛，不让自己的泪水滴落在他的脸上。

“也为了我们的重逢。”

咔嚓、咔嚓……

夏夜的深山，夏重汗气腾腾地光着上身，脑海空白，一铲铲挖出一人深的坑。好不容易完成，他想让心音夸奖自己，一转头，地面上心音的尸体正对上了他的视线。死白的脸上，有漆黑的泥痕。

他骤然被吓得瘫倚在坑壁上，半天动弹不得。为了逃避现实挖得太过专注，竟忘记了挖坑的原因。

“死虫子，事到如此，你还在怕什么？”另一个心音在坑边露出讥诮的表情。

夏重站在坑底，抬头注视少女。月光下，有那么一瞬间，他微微迷茫了。少女脸上的干涸血痕宛如黑色的泥迹，两个心音的面容丝毫不差地重叠在了一起。

死去的女人，是心音；活着的少女，也是心音。她们是同一个人，只是相差了十五年的时光。

少女的心音用力把未来的心音推下坑，夏重接住冰冷无息的尸体，眼泪不受控制地涌了出来。

“别哭了，真是难看死了！”她不耐烦地说。

“心音死了，你不难过吗？”

“难过？我只有恨！她倒是宠着你，你从不知道她是怎么对我的！”年轻的心音厌恶地用小石子扔他的脑袋，“你还要哭到什么时候？快出来，那张脸我看着就讨厌！”

夏重抽泣着爬出坑，满脸失魂落魄。

“这么后悔的话，当初，就别和我同谋。没用的臭虫，算什么男人！”年轻的心音扭过头。

夏重无法不注意她后脑的伤口，那里被短刀割下了一小块方方正正的头皮，为了掩盖这个伤口，她将来非得把头发留得极长不可。

这只是心音被未来的自己所虐待的痕迹之一，还有更多的地方没有肉体上的伤口，却摧残了她的心灵。

“我是很伤心，但是我不后悔。就算再痛苦，就算再悲伤，我也非要杀了她不可。”夏重抹着眼泪说，“毕竟，我要拯救的人是你啊。”

年轻的心音斜了他一眼，伸手一递手帕，“快把脸擦擦，又是水又是泥，脏死了！”

“快把她埋了，我们早点回去吧。不要为她难过了，快些埋了她。她死了，还有我在。好了，快点埋了她，夏重。”

说话间，她被夏重轻轻抱住了。

“汗味臭死了……臭虫。”她抱怨说，却没有推开他的意思。

她才发觉，其实自己的身体也在微微发抖，要挨着夏重的身子才能止住。她也在害怕。她不仅怕着三十岁时的自己的尸体，也害怕自己三十岁时变成尸体。

“你和她完全不一样。”夏重说。

“当然，我们当然不一样。未来已经不一样了，已经不在那个女人的控制之中了。我们已经杀了她。”

年轻的心音误解了他的意思，但夏重也不明白自己在说什么，他只是在拥抱心音时，突然察觉到了这两个心音是不同的。

不只相异在十五年的时光上，或是一生一死的相隔，而在于心音本身。

少女的心音，纤弱而无常，像是不堪负起明天；女人的心音，温柔且可靠，仿佛能够包容一切。但他将要埋葬她，将会永远失去那宛如阳光一般甜蜜的心音。

“即使如此，我还是喜欢你。”

“没用的臭虫！你在说什么呀，恶心死了！”年轻的心音脸微红着推开他，指着坑里的成熟的心音，“快把这女人埋了，这鬼地方我一秒钟也不想待了！”

他们的视线落在坑底的心音身上。

成熟的心音胸口插着刀，濡出的血已干透。可她却仿佛不是被刀夺去了生命，而是被赋予了生命般安详地微笑着。紧闭着眼睛躺在坑底的姿态，如同胎儿沉睡在子宫里。

她为何能以如此幸福的表情死去?

他们都不能理解。

第二回

“现在的我将会有生命危险，而你将会拯救我，我会因此爱上你。为了促成这件事，我从十五年后的未来回到了今天。”

年轻的心音瞪住夏重和未来的心音，一字一顿地说。

“就因为这种荒唐的理由，你们两个疯子把我绑到这里来了？”

从昏迷中醒来，年轻的心音发现自己身在破旧的木屋，被牢牢地捆在椅子上。窗外的风景，是幽深的森林与山坡。

面前这个模样与她相似的女人，自称是十五年后的她。这个女人熟知她的一切隐私，甚至某些她自己也已经淡忘的记忆，经这人提醒也重新浮现出来，历历在目。

即使如此，她还是无法接受。她吵闹过、争辩过、哀求过。到了被绑架的第三天，她才自暴自弃了。

“你们爱怎么说就怎么说吧，反正我也没办法捂上耳朵。”

成熟的心音点点头：“我就记得，差不多就是这个时候，我才开始好好听话”。

年轻的心音讨厌她这种仿佛什么事都捏在手心里的高傲神态。

“你要好好记住接下去听到的一切，当然，你肯定会记住的。”成熟的心音做了一个手势，让夏重开始说话。

“你来找我的那个晚上，我就被关在放打扫工具的壁橱里。你要找的教室，里面有遗落的书包，壁橱门被锁住。很好认，那时却没一个人注意到……”

年轻的心音不屑地说：“你白痴啊？怎么会把自己关在里面，不会叫人放你出来？”

夏重被打乱了预先想说的话，不知所措地揉着手，望向成熟的心音。明明是个很高大健壮的少年，眼神却总躲闪着，不敢直视年轻的心音，显得很没用。

“不用在意她的话，想说什么就说什么。”成熟的心音看着他的眼神很温柔，只差像安抚狗一样去摸他的头了。

大而无用的狗。这也是年轻的心音对夏重的第一印象。

“我以为他们不会一直关着我，总要放我出来的。到时发现我不在里面，一定会把我欺负得更惨。我等啊等，外面渐渐没有了人声，也没了光亮。我才开始叫救命，可是没人听见。那时候我吓死了，担心会被关一辈子。”

“活该，你就不会想办法把门锁弄坏吗？”

“那怎么行，会被骂的。第二天早上打扫的同学就会打开壁橱了。”

“你打算在壁橱里睡一晚上啊！”

“还好运气不错。爸爸那天晚上要工作，第二天中午才会回来。不会有人知道我一晚上没回家。”

“这应该叫作运气很差才对吧。等等，你妈妈呢？”

“在生我的时候，难产死了。我没见过她的样子，就连照片都被爸爸藏了起来。喝醉酒的时候，爸爸总骂我害死了妈妈。

还打我。”

说着，夏重脱下衣服，撩起额前的头发。

身上的伤疤，那一块是爸爸把他打翻在地时，被酒瓶碎片划伤的。脸上的伤痕，那一块是爸爸随手扔出的杯子，砸中额头留下的……还有几天前的淤紫，现在还没褪。

他越说越来劲。

从小被人骂作鼻涕虫、放屁虫、臭虫……最后被叫成了夏重。书桌上总有乱涂乱画的虫子，交上去的作业不知怎的就变得残缺不全。被喝醉酒的爸爸打青了脸，收拾好一地的残局，还要挨邻居的白眼。

比起这些事，壁橱里再黑、再脏、再冷、再狭窄，又算得了什么。只要像婴儿一样拼命蜷起自己的身体，就能忍到天亮。

他偷偷观察年轻的心音的表情。

“你还真是个没用的废物，活在这个世上就是为了被欺负？我要是你，早就上吊了。”

“这个和说好的不一样啊！”他立即意识到自己说漏了嘴。

“哈？你以为你这么说，我就会同情你？就会喜欢你？哈哈哈哈，我不行了，能不能松开我让我笑一会儿。”

夏重缩起脖子，怯生生地向成熟的心音投以求助的目光。

“不要理她，你只管说。我在这里。”她说。

从成熟的心音那里得到了支持，他又恢复了些勇气：“我又不是喜欢过这样的日子，谁生下来是为了被人当沙袋打……每天为了应付欺负我的人就喘不过气了，就连回家也要绷紧了皮。这样的日子看不到头，我不知道自己还活着干吗。”

“怪我不成？”年轻的心音冷笑。

他沮丧地低声说：“不，当然不是。我不知道该怪谁，大概，该怪我自己吧。如果我没害妈妈死掉，我的人生一定会不一样。没有人会欺负我，爸爸也不会整天喝醉酒。或许我干脆没出生过，每个人都会过得更好……

“对，我被关在黑黑的壁橱里，就像从来没有出生过一样。虽然又冷又饿，但我以外的人一定都吃过热腾腾的饭，躺进暖和的被窝里了吧。这样一想，就觉得是多亏我不在，所有人都过得更好了。

“那个时候，我想，我死掉会比较好吧。”

他没用的脸，让年轻的心音尤其火大。

“那你怎么没去死！你要死了，我也不会无缘无故被关起来。我才气得想死呢！”

“对……对不起……”他哆哆嗦嗦。

年轻的心音抿紧嘴。

“那时候他有轻微的脱水，神志有些不清，你要有准备。”成熟的心音突然插嘴说。

“是吗？我倒是没感觉，给你添麻烦了。”夏重不好意思地说。

“你……不要道歉，这算不上什么。”她那注视着夏重的眼神里，有深深的光，“今天就先到这里吧。”

夏重如释重负。

年轻的心音却反而不依不饶了。“怎么了，我可还没听够呢。臭虫，别走啊，再多说说，说说你是怎么被虐待的，怎么被欺负的。让我解解气。”

夏重盯着她的脸，微微笑起来。

“与你相遇的那一夜，我做了一个梦，我梦到了妈妈。虽然看不清她的样子，但那一定是我的妈妈。她毫不嫌弃地抱着一个满身血污的我，温柔地抚摸我的脸。从她的胸中，我听见了熟悉而温暖的心跳，就像跃动的白色的阳光。”

年轻的心音讨厌这种目光，那就像狗盯着肉一样，简直已经把她当成了他的东西。她全身的汗毛都要竖起来了，想扭过脸不去面对这视线。

成熟的心音强扳着她的脑袋，对准夏重，说话的语气柔和但又饱藏着冷意。

“你有的是时间。接下去的每一天，我要你记住，记住他说的每一句话，记住他的每一个伤疤。只有这样，十五年后，你从未来回来时，才能找得到他，才能让他相信你、爱上你、拯救你。”

“饶了我吧……”年轻的心音叹息。

“终有一天，你宁可不眠不休也要想着他。你会觉得能像现在这样看着他的脸，听着他的声音，就像做梦一样。”

“那肯定是个噩梦。那我倒想问问，那种没用的废物，究竟怎么救了我？”

成熟的心音的脸上闪过一丝别有内情的犹豫：“你终会知道的，如果我现在说出来，会破坏历史。”

“你出现在这里，不就是在破坏历史吗？”

“不，我是在确保历史正确地运行。为了确保你会与夏重相遇，我才会回到现在。我会教你穿越时空的知识，你将来也要回到现在，做我现在所做过的一切。”

“我理解你的意思了，你教会我穿越时空，然后未来的我用这个知识回到现在，再教会现在的我，这样反复循环下去。也就是说，我就像变魔法一样，凭空知道了怎么穿越时空？这种事才是最荒唐的吧。”

“不是凭空，而是凭借着自己的能力研究出来。你现在还没有自觉，但未来你会知道自己有多聪明。我现在告诉你，只是为了确保成功。”成熟的心音回答。

“也就是说，那个最初的我靠自己的力量回到了过去，开始了这一段重复的历史。不，不应该说是历史重复，应该说是平行世界吧，否则就会产生悖论了。我从一个世界穿越到另一世界上稍早的时间点，令那个世界的未来改变，然后让那个世界的我在十五年后到下一个世界改变未来。做这种事情到底有什么意义！”

“你很聪明，用来记住该记住的东西就好了，”成熟的心音淡淡地说，“现在开始考试，今天只有一个问题，他额头的伤疤是怎么来的？”

“谁记得！”

“那么，就是一只。”

“一只？”

成熟的心音把没底的圆筒硬塞进年轻的心音的嘴里，撑得她合不上嘴，然后拿出一个透明的袋子。

看清袋子里的东西，夏重顿时头皮发麻。年轻的心音脸上也写满了恐惧，喉咙口发出低喃。她拼命挣扎着，连同椅子一起翻在地上。成熟的心音骑在她身上，一把染着黑色血迹的刀架在她的脖子上，寒意压得她动弹不得。

那个袋子里，满装了拇指大的蟑螂，窸窸窣窣。她用纤长的手指拎出一只，放在圆筒的边缘。

夏重遮着眼睛缩在一旁，连看都不敢看。年轻的心音只觉得细小的腿刺过舌头和喉咙，心脏被钻透般地抽搐。

成熟的心音松开了手，拔出圆筒。

“以后，只要答错一题。就是一只。十五年前的我很倔，就算知道答案也故意不回答，最后把蟑螂全吃光了，搞得未来的我也没辙了。独独这一点，我不希望历史重演。”

年轻的心音干咳着，嘴唇发紫，却在笑：“听你这么说，真是松了一口气，我的未来原来还有救。”

成熟的心音微微皱眉。

“你没事吧……”夏重小声地关切。

年轻的心音压根不理他。“如果需要这臭虫救命才能活下去，那我第一时间自杀。万一失败地活下来，也绝不会回到现在。那么，这一切就都结束了！我发誓，我绝对不会历史重演！”

“不，你会爱上他的，会回来的。”成熟的心音说。

“爱上这种废物？”她大笑起来，“我宁可死，也不会回来！”

成熟的心音用残留着淡淡血迹的刀摩挲她的耳畔，像是要将某种洗不去的印痕刻入她的脑海。

“放心，你没那么容易死。别忘记了，你有一个会拯救你的英雄。我们都有一个会拯救你的英雄。”

随着这话语，缩在一旁的夏重，仿佛被灌注入某种信心，挺直了胸膛。

“好了。”她收敛起笑容来，表情冷酷地敲了敲黑板。上面记载着繁复的公式，宛如某种外星的语言。

“你不需要理解它，你只要记住它。时间会帮你理解它的。”

咔嚓、咔嚓……

土渐渐掩到了尸体的胸口。

“等一下！”年轻的心音突然跳进坑，拔出成熟的心音胸口上的短刀。“不能把刀留下来！”

“这刀你要来也没用，”夏重说，“心音总是随身带着，就让它陪葬吧。”

“你当然轻松，上面又没有你的指纹！”

夏重缩了缩脖子。

年轻的心音把短刀抱在怀里，用布抹了又抹，刀身总有深色的血痕，仿佛洗不去的罪孽。

“她和你指纹一样，人们会以为她是自杀的。”

“不要说我和她一样！”

“我不是这个意思……”夏重嗫嚅，“但是，身体总是一样的……”

年轻的心音面色一沉，抬起短刀，乱割着自己的头发。瞬间变成凌乱的碎短发，与长发及腰的成熟的心音形成鲜明对比。

夏重惊讶地“啊”了一声。

“你很遗憾吧。毕竟你最喜欢长发了，不过，我绝对不会再留长头发！历史绝不会重演，因为我不可能变成她那样！”

她并不害怕罪行被揭发，而是害怕这把短刀本身。这毕竟是她用来杀死自己的刀啊，不时时把它紧握在手中，怎么能保证它不会在某个夜晚冤魂不散地钻进她的心脏？

童话中的国王，被预言自己的女儿会被纺锤杀死，进而销毁全国所有的纺锤，想必是出于同样害怕的心情吧。

害怕着不幸的未来降临。

害怕着成为未来的心音。

害怕着不断重复的命运。

年轻的心音割断了长发，也坚信自己斩断了一段孽缘。

可此刻，她注视着尸体，一尘不染的脸和污黑的伤口，还是感觉到了切身的痛楚，不由按紧了心窝。脆弱的心脏在胸膛里不安定地乱跳着，仿佛要把自己摇碎。

“如果我遭遇到了什么危险，绝对不准你救我，听懂了吗！”

夏重被她凌厉的目光逼得抬不起头，小声地说：“听懂了……”

心音满意地点了点头，没注意到他对着地面无声地动着嘴唇：但做不到。

第三回

被绑架的第二十天，年轻的心音在半夜被吵醒了，不知是因为唧唧的虫鸣，还是隔壁的低语。总之薄薄的木墙，什么也挡不住。

墙的裂隙透出灯光，她半梦半醒地看了一眼，就无法挪开视线。未来的她搂着夏重，两人宛如甜蜜的情侣一般相依在一起，悄声在说些什么。

随着意识的清醒，流入耳中的只言片语，一点点满盈起来。

“你对她是不是太过于严厉了。”夏重怯生生地说。

成熟的心音的笑容微微一窒，随即若无其事地回答：“既然你这么说，那么我下次就对她好些。”

夏重如释重负地说：“是啊，毕竟她也是你。”

成熟的心音不再接这个话题，将夏重揽入自己怀里，视线望向年轻的心音所在的房间。年轻的心音明知道成熟的心音不可能透过缝隙看到自己，却不禁被她的眼神盯得发冷。

成熟的心音微微眯着眼，嘴角轻轻勾起讽刺的笑意，仿佛被夏重的话勾出了内心深藏的不屑。

那一瞬间，年轻的心音终于明白了一件事。未来的心音从来就没把她当作过曾经的自我。

毕竟是个花季少女，心音对自己的未来曾有过无数种幻想。

当未来的自己出现在她面前时，哪怕用最挑剔的眼光去看，也不得不承认，这个女人的确美貌非凡。

虽然自称来自十五年后，但她看上去也就二十多岁，举手投足间充满了优雅的风情，露颈的短发还带有少女的俏皮。作为母亲而言不够成熟，作为姐姐又有些过于年长。

她将会成长为她，本该是值得憧憬的事。

成熟的心音如此执著地爱夏重，为了令他们相遇，不惜穿越时空，不惜用如此极端的方式，未尝不能说是一种浪漫。

本来，长久之后，年轻的心音未尝不会接受这种命运。在这一夜，却对自己的未来彻底断绝了希望。

既然未来的她不把她当作自己，那么，她又何必将未来的她当作自己。

年轻的心音的心中，诞生出对未来的漆黑杀意。

“你现在这样的长发很好，他喜欢长发。”

成熟的心音轻捋年轻心音的发丝，为她化着妆。

“你的发梢要微微带一点卷曲，他喜欢让手指在这里被自然地缠住。还要把指甲修整得干干净净，他喜欢含着手指轻轻吮吸。

还有，抱紧他时，让他的头紧靠住胸口，这样，他会睡得尤其安稳。记住了吗？”

成熟的心音端起镜子，年轻的心音微微移开了视线。倒是成熟的心音仿佛欣赏一件满意的艺术品般，反复端详着镜子里的年轻的心音。

这几天都是如此。年轻的心音本来没有多想什么，但昨夜见到的表情却让她此刻忽然醒悟到，成熟的心音并非在检验自己化妆的成果，而是将镜中的少女当作了她自己的倒影。而她对少女的怨恨也正是来源于此。

年轻心音的心猛然狂跳起来，仿佛抓到了某种关键。她强作镇静，目送着成熟的心音如常离开了房间，让等在门外的夏重与年轻的心音独处，讲他那些无聊的经历。

“你今天的脸色好像很不好，发生什么事了？”夏重关心地问。

“胸口有些闷吧。”

“是绑得太久了吧，我明明让心音对你好些的。”说着，他对她伸出手。

“别碰我！”她冷冷地瞪了他一眼。看到他露出畏缩的表情，她又突然心念一动，轻轻展露微笑，“我没事的，我天生这样，常常会胸口闷，习惯了。”

夏重愣愣地看了她一会儿：“你笑了。你笑起来，果然很好看。”

“是吗？”

“前些日子，你总是闷闷不乐的，我很担心呢。现在，你终于肯笑了。”

“你在担心我？”

“那当然，你是我要拯救的人，可以说，我活着就是为了你。”

“你真的愿意为我做任何事？”

“当然，我就是为此而存在的！”他用力点头。

年轻的心音无比感谢未来的自己对他的洗脑。“那你能把我从这里放出去吗？”

“这……这可不行……除此之外什么事都可以。”他嗫嚅。

“那你还说什么都愿意做。万一遇到别的什么事，你又要推三阻四了。”

夏重慌张地说：“不，绝对不会的。我一定会拯救你的。我已经不是以前那个废物的我了。遇到未来的你之后，我一直在磨炼自己，我能够做得到的。我已经重生了……”

年轻的心音装作生气地别过头，视线落在了一旁的镜子上。一瞬间，她错以为自己正被成熟的心音注视着。

不，不是错觉。她从镜子里看到成熟的心音在窗外偷偷地窥看着他们。她如此全神贯注，以至于没有注意镜子里映出了自己的身影。

年轻的心音刚刚隐约抓到的一些答案，在这面镜子里又一次得到了确定。

两个心音之间毕竟有着十五年的差距，无论用何等神奇的化妆品，也无法把时间的痕迹完全抹去。成熟的心音自然是个美人，但和年轻的心音相比，头发的干枯、眼角的鱼尾纹、皮肤的粗糙及体形的松弛，显露无遗。

正是与年轻的心音相比，才更显得醒目。她不能把自己的缺点暴露在夏重面前，每次化妆后就匆匆离开，让他们独处。

年华老去的她，面对正值青春的自己，自卑又嫉妒。介意着独处的两人，竟会在旁边偷窥。

成熟的心音能够用美色操纵这个少年，那么，比她更年轻漂亮的自己没理由办不到。

她眼波流转，回头又对百般解释的夏重微笑。“好了，我说笑的，我知道你是真心对我好的。”

夏重心醉地傻笑起来。

“我的头发有点乱了，帮我整理一下，好吗？”

她试探地晃了晃头发。

“乐意之极。”

夏重走到她背后，笨拙却小心翼翼地捋平她的头发。年轻的心音注视地上的影子，他偷偷闻着手指间的香味。

“我的头发和那女人比，谁的更香？”

他手一抖，触到脖颈的肌肤，手热得发烫。

“说啊，你不是闻到了吗？”

“你……你的。”

“那么，我的脖子和那女人比，谁的更细？”

“这个……”

“说啊，你不是摸到了吗？”

“你……你的……”

“那么，我的手指和那女人比，谁的更甜？”

“我不知道……”

“我知道你不知道。”年轻的心音努力回想着成熟的心音的姿态和言行，模仿着那份妩媚。

“那么，想知道吗？”

说出这句话，她的心悬住了，不知该期待他做何反应。

窗外的夕阳，投出的那个高个身影，缓缓地、缓缓地跪下来，凑到反捆在椅子背后的手边，逐一含住纤纤的玉指，湿热的感觉。

成熟的心音在看着他们，而年轻的心音觉得自己借助了她的眼睛在看着他们自身。

“你爱心音吗？”

看他坚信不疑地说：“爱。”

“爱的是，哪个心音？”

看他心神不宁地说：“都……”

“所以，你只爱我。”

看他百思不解地说：“咦？”

“我既是现在的心音，也将成为十五年后的心音。你爱我，就等于爱着两个心音。而那个女人，只是十五年后的心音，无法再变成现在的心音，只会渐渐老去，变成一个烦人的老太婆。对不对？”

看他执迷不悟地说：“不。”

“你好好想想吧，她能给你的，我都会给你；我能给你的，她却给不了你。那么她，就没必要了吧？所以我，就足够了吧？”

看他举棋不定地说：“对——”

镜子里，成熟的心音首次露出受伤的表情，默默消失了。

报复的快意消失了，年轻的心音心里只有深深的厌恶和悲凉。

这个男人就像偶然被喂食便硬跟在屁股后面的无赖狗一样，从来没有一丝一毫地爱过成熟的心音，只是贪恋她的肉体。

她暗暗发誓，自己绝对不会重蹈覆辙，也绝不会爱上夏重。

咔嚓、咔嚓……

年轻的心音默默注视着微微隆起的土堆。那个束缚她的未来已经长眠在了地下，一定会有一个全新的未来等待着她。

一抬头，年轻的心音对上了夏重错乱的眼神。

“明明是她要我拯救你的，为什么却又要杀了你，让我和她走……为什么……我真的不想杀她的。只是失手……你看见她胸口的伤疤了吗？那把刀就像是被吸进去一样……”

他手上仍拿着那把黑刃的短刀。心音不动声色地把刀从他手中轻轻拿下，柔声说：“你的确救了我，要不是你杀了她，她就会杀了我。”

她能够理解成熟心音的心情。夏重还不自知，正是因为他痴迷于自己，才会让那女人妒火中烧，做出如此疯狂的事。

想到那时成熟的心音心口被夏重失手刺中的震惊表情，她就有点为那个女人悲哀。

夏重稍稍平静了一点，低声说：“现在，我们要做什么？”

“回家吧。”

“回家？”夏重低喃着这个字眼，摇摇头，“不，我不回家。我不会再回那个地方了。”

“那你要去哪里？”

夏重注视心音良久，久到心音有了某种不安的预感。还没等到她出言阻止，这个预感就化成了现实。

“我要跟着你，你去哪里，我就去哪里。”夏重声音坚定地说。

“这怎么行？”

“你不用担心我，我会想办法在你家附近找个地方打工。等到你毕业了，我们在一起的时间就更多了，到那时……”

心音不悦地想打断他，看着他的表情，蓦地又不知道说什么好。夏重的诉说中，每一件事都与她有关，神色近乎虔诚。她不明白，那个女人究竟向夏重许诺过多么美好的未来，以至于他如此念念不忘。

“你就没有自己想做的事吗？”她忍不住问。

夏重有些腼腆地说：“我想保护你呀。”

“别的呢？”

“别的？没有了。”

“那女人没说过你未来会成什么样的人，要做些什么事吗？”

“当然有，她说我会成为你的英雄，拯救你。”

年轻的心音困惑了。比起成熟的心音向她详细描述的未来，夏重的未来俨然就是一片空无一物的黑暗。就连最重要的一点，夏重要如何拯救心音，那女人也是语焉不详地说到时就知道了。

成熟的心音到底在隐瞒什么？

年轻的心音默默地把目光转回那个土堆。成熟的心音已经长眠于地下，就算曾经有什么阴谋诡计，现在也应该已经烟消云散了。

然而，不知为何，她总觉得有一双亡灵的眼睛正在注视着自己。

胸口微微闷痛，她下意识地按住心口。那正是成熟的心音被刺中的地方。她鲜明地记得，成熟的心音衣服裂开时，心口露出了一块深刻的伤疤。而她自己身上并没有那么一道疤。

是未来的某一天在自己身上留下的吗？

某种疼痛感从指尖所按的地方扩散开来，不知不觉她已经捂住了胸口。不是错觉，而是确实有一种无助感从胸中扩散开，让她如同陷入流沙的旅人般窒息了。

“心音，你怎么了？心音！心音……”

最后映入年轻的心音眼中的，是夏重惶恐关切的脸。随后，她就什么都不知道了。

第四回

心音在消毒水的气味中苏醒了过来。

四周墙壁洁净，窗外鸟语花香。白色的电子仪器几近无声地安静运作着，一股令人安心的气氛填满了房间。

心音环视房间，床头柜上的那把短刀猝然刺痛了她的视线。她一把紧抓过来，一时也不知道自己是想防身，还是想藏起自己杀人的证据。

手中短刀的重量，微微让她有了一点现实感。

之前的一切不是一场梦，她确确实实遇到了未来的自己，并且亲手杀掉了自己。

“你醒了。”一个披着白大褂的男人走进房间，漫不经心地扫了一眼神色警惕的心音，“不用担心，这里是我的私人诊所。不管你是什么人，犯了什么事，都和我没关系。我只管拿钱做手术。”

“手术？”

“心脏移植手术。你还不知道吗？的确，有些先天性心脏病比较不明显，等到发作时已经无可救药。所以你很幸运。”

经他这么一说，心音才注意到胸口一阵刺痛。

“手术很成功，你不要乱动，麻醉效果正在减弱。”

“谁把我送来的？”

“委托人是匿名的，早在一个月前就付清了钱，让我到时间去那个地方接你。”

一个月前，那还是心音被未来的自己绑架之前的事了。是成熟的心音，只能是她，一切都是她安排好的。未来的她当然知道自己会心脏病发作。可是，为什么不直接跟她说？

见她陷入沉思，那个密医检查了一下几个仪器上的数字后，走向门外。

“对了，”心音叫住他，犹豫了一下说，“那你有没有见到一个少年，他叫夏重。应该是和我在一起的，他到哪里去了？”

密医露出了玩味的神色，转了转眼珠：“你不知道他在哪里？”

“当然。”

“等你好了我再告诉你吧。”

“不，我现在就想知道。”

心音也不明白自己为何要如此执著，明明觉得甩掉了那个家伙更好。但是，那个自称要守护她的人，此刻居然没有在旁边等着她苏醒吗？

“如果你非要知道不可的话……”密医争不过心音，一摊手，“他就在这里。”

说完，他离开了。

心音茫然四顾再无旁人的房间，良久才醒悟过来，猛地抓紧了自己的胸口。

依稀是一个闷热的夏夜，年轻的心音倚坐在窗旁，在晚风中稍稍拉低领口。夏重恰好从成熟的心音的屋子里走出来，走过窗边。

他的表情有些失魂落魄，站在屋外，视线落在年轻的心音的胸部。月光下，那纤细的锁骨白得微微发光。

“你看什么看！”年轻的心音有些不悦地收了收衣领，用尖利的眼神瞪了过去。

那个一贯怯懦的少年，没有像她想象中那样羞愧地离开，继续大胆地盯着她的胸口。

他的视线并无邪念，而是含有某种更诚切的深思。与这种目光接触，心音意外地发现自己并不反感。

但也感觉怪怪的。

“死虫子，你有什么事？”

“我会拯救你的。”他低声说完后，走开了。

心音已经听过这话无数遍，但不知为何这一次的话语中有一种更加具有分量的现实感。

“莫名其妙。”她嘀咕了一句，又好奇地望了一眼成熟的心音的房间。

门半开，成熟的心音注视着夏重远去的背影，露出想要挽留某种无法挽留之物的落寞表情。

心音的心猛然感到一阵难言的空荡，随即从这个久违的梦中醒来了。

她睡眼蒙眬地望到屋内的镜子，看到的是当年所见过的未来自己，恍惚间以为自己还在那个与夏重相遇的时光里。

良久，才想起时间过去了十五年。曾经的未来，此刻已是现在。

在心脏移植的那一天，她就已经是一个全新的人了。她把那天当作全新自己的生日。而今年的这天，是第十五年了。

她没有对任何人说过十五年前发生的事，把它藏在了内心深处。那些曾经令她为之厌恶的灰暗场景，现在回想起来也笼上了一层奇妙梦境般的色彩。

能够证明这一切不是梦的只有两件东西：那把她一直收藏着的短刀和她胸前留下的手术伤疤。

那个密医告诉她，心音胸膛中的心脏是夏重捐赠给她的。一开始，她不知道应不应该相信他，但她的确再也没有见过夏重了。

她前进了十五年的时光。而那个有点懦弱，但又信誓旦旦要拯救自己的少年，却永远驻留在了十五年前的那个夏日，将自己的未来寄托在了她的身上。

心音对心脏移植了解得越多，就越发明白夏重的心脏有多难能可贵。它与她完全没有任何排异反应，几乎不需要再做后续的治疗，可以预期的寿命也和正常人无异。完全是个医学上的奇迹，简直就像这心脏本便属于她。

十五年过去，她已不再怀疑这心脏的来源。因为这颗本属于夏重的心脏，再也不曾为别的男人跳动过了。她一路遇见过各种各样的优秀男性，但每一个都只会让她怀念起夏重。

为了弄懂未来的自己所留下的公式，不知不觉间她已经成为国际知名的科学家，进入了绝密的地下基地进行时间旅行的研究。而当她最终理解了其中的理论之后，才猛然意识到未来的自己从一开始就没有想要回去过。

将自身的信息完整发送到另一个时空，在过去的世界里以如同玻尔兹曼大脑诞生般的形式，重新构造出自身意识的复制体。而未来世界中的自己，彻底扫描自身信息的同时也将离解为虚无。

其中所需要的巨大能量，直到最近才因为一种新能源的发现而得以实现。过去的世界中绝不可能办到。即使可以，是否真的能逆转这一过程回到未来，也同样是未知数。

在正式实验的前夜，她借口加班，站在开发完成的机器前。她的宿命在十五年前记住了那个方程式后，就已经被决定了。一切资料就如设定好的将在她离开后自动销毁。此刻没有人来阻止她，便说明在可以预见的未来没有人掌握这种技术。

虽然人生是线性的，但如果俯瞰时空，这穿越十五年的轮回究竟重历了多少次呢？又是什么样的因缘使最初的心音在拥有了穿越时空的技术后，启动了这段不断重复的命运呢？

十五年前，心音得不到答案，十五年后，也一样。

心音试图代入那时的自己去思考，却怎么也得不出结论。

也无法想象，自己如果回到了过去，会怎样面对那时的自己和夏重。

或许，当年那个未来的自己会如此仇视过去的自己，不仅是因为过去的自己将会夺去自己所爱少年的爱，更因为她会夺去他的生命。

一想到如果她必须眼睁睁地看着夏重为那个还不爱他的年轻的心音献出生命，即使年轻的心音之后会爱上他，她也难免会抱以怨恨吧。

倒计时开始，她反复确认手指、头发及一切，是否按照夏重所迷恋的那样装扮好了。

还有那把刀。她还带上了那把自曾经的自己手中拿下的刀，黑色的刀身深邃得仿佛吸入了无数的灵魂。

无数她自己的灵魂。

失去意识前，她忍不住想，自己真的有资格被他爱上吗?

第无限回

咔嚓。

最后一铲插在土堆上，宛如墓碑。

“我没有想到过，还能再看到这片让人怀念的星空……”来自十五年后的心音说，“话虽如此，但实际，我这个存在已经在这片天空下经历过无数回的生死了。”

少女时代的心音悠然应答：“要是十五年后的我，也能活到此刻就好了。不过恐怕有些困难，我们这样的三人相聚，完全就是奇迹。”

“你真是轻松啊，”夏重伸着懒腰，“那只死掉的兔子，明明是你哭着要埋掉的。”

“让你埋的只是兔子而不是我，你就该谢天谢地了，”成熟的心音笑着说，“上一个你几乎累断了手。”

他笑了笑：“我还是不明白，照你的说法，时间旅行就是穿梭在平行世界里，那么每个世界的我不都该一样吗？听你们的口气，好像上一个世界发生了什么很了不得的事。”

“确定了位置，但确定不了能量，”年轻的心音说，“所以，就算是不同世界中存在相同的人，也会有差异。”

“虽然有点乱来，但或许可以这么解释。”成熟的心音说。

夏重摇摇头：“完全没听懂。”

年轻的心音解释：“也就是说，有可能，在某一回里，会有爱上你的我；有可能，在某一回里，会有拒绝你拯救的我；有可能，某一回里，会有欺骗你并杀了你的我。不管什么样的可能性都存在着。”

“但最终我还是死了，为了救你而死。”他苦笑。

成熟的心音凝视着面前的男生，他的眼睛里有一种陌生而熟悉的聪慧：“也许这就是这个时空中你的不同之处了，以前的那些你似乎没有一个察觉到自己必将死去。不过就算真有那样的你，我也不知道。”

夏重一摊手："因为你死都不肯告诉我怎么救你。"

成熟的心音转而注视少女时的自己："但我可以认定，你绝对是第一个提前知晓真相的我。"

"那也是侥幸，我潜伏的心脏病曾经病发过一次，自然就知道自己的身体状况。所以一碰到你们就多少猜到了。"

成熟的心音轻轻拉低衣领，露出伤疤："这是心脏手术的伤，在之后的几日里，你随时会突然病发，夏重会把他的心脏捐给你，而自己则死去。此刻，我与你的胸膛里跳动的是不同的心脏，仔细听听，你就能感觉出来。"

"但最初的心脏是怎么来的？"年轻的心音问。

两个心音把目光投向夏重。

他说："那一夜如果我没有遇见你，我想我会去签死后捐献器官的协议，然后在某一天自杀。最初的心音应该就是这样得到了我的心脏。"

"为什么？"年轻的心音问。

"因为我那时想，我死了能让某些人得到幸福的话，该有多好。不过，遇到了你之后，我只要你得到幸福就可以了。"

"你不怕死吗？"成熟的心音定视他。

"要怕死，必须先活着。在遇到你之前，我不知道自己活着是为了什么，不知道自己的未来有什么在等着我。是你让我的人生有了目标，有了意义；是你令我出生到这个世上。人只有知道了自己能成为什么，才算作出生啊。

他清澄的眼睛，让两个心音都怦然心动。

“我不能保证每个世界的我都和我有一样的想法，但是，我想，大概每个世界的我都会为了救你，而甘愿献出生命。正因为此，这段历史才会不断重演。”

年轻的心音抚摸着短刀，它像是附着化之不去的怨灵般漆黑。

“现在我们都已经知道这究竟是怎么一回事了。每一次都是你，你牺牲了自己，让我有了这么一个机会。可是现在……”她有些犹豫。

成熟的心音接过话头：“可是，明明有更好的办法不是吗？反正我也是要死的，让我把心脏移植给你，让你们一起快乐地活下去不是更好？”

另两个人安静下来。不管哪种方法，对于未来的心音来说都一样要死去。

“别这样看着我，我反正已经抱着必死的决心来了。我只是奇怪，为什么从没人这么想，非要在这无数回里互相残杀？”成熟的心音长长叹息。

年轻的她说：“这应该问你为什么要来。”

年长的她沉吟了片刻，整理思绪。

“我一直都在思考，那些我自己中，有我爱上夏重想要再见一面，也许有我对他心生愧疚想要赎罪，也许有我不认为这是平行世界、认定利用他才能救自己，又或者自信地认为自己绝不会死。不管出于什么样的考虑，那些我都会或多或少地隐瞒事实，与下一个自己产生冲突，最终导致历史一回回重演。至于我……”

她停了一下，另两人静待她的答案。

成熟的心音吐了吐舌头：“如果我说我根本不知道自己在想什么，稀里糊涂就来了呢，你们会不会打我？”

年轻的心音无言地注视着她。

“啊？”夏重夸张地躺倒在地上。

“所以，这一回里，我们风平浪静、互相谅解地度过了一段美好的时光，绝对是奇迹啦。”成熟的心音说。

“倒不如说我们三个人都是奇葩。”年轻的心音说。

“不管怎么样，你毕竟还是喜欢夏重的，我看得出来，”成熟的心音说，“能和他在一起活下去，并了结这段轮回，多少也算是个圆满的结局吧。所以等那个密医来，就移植我的心脏吧。”

“即使这样你会死。”夏重说。

“我本来没打算回来过。”成熟的心音从容地说。

一时间，三人陷入沉默，夜空中只有静静的虫鸣流淌。

“不要。你就当作是自己已经死了，去别的地方吧。我和夏重会继续这个轮回，他的心还是属于我的，我的命也将偿还给他。”

打破沉默的是年轻的心音。

“既然心音这么说，我也觉得这样比较好。”夏重附和。

成熟的心音愕然地看着她："你打算继续这样下去？"

"我会在下一回里说我将偶遇恐怖分子袭击，你冲入装有定时炸弹的大楼救出我。怎样能让你不起疑心？"年轻的心音无视她的问题，对着夏重嫣然一笑，"如果我留长头发，你会爱上我吗？"

"一定会被你迷得神魂颠倒的。"他吹了一声口哨。

"你们两个是笨蛋吗？"成熟的心音跳了起来，"明明只要我去死就可以了，为什么还要多此一举？"

"最初的我是最初的他的受益者，当胸膛里跳动着他的心脏时，就会忍不住想要去寻找心脏的主人。"

年轻的心音握住夏重的手。

"她想要拯救他，改变他的命运，却被杀了。之后，出于爱、出于嫉、出于恨、出于愧、出于惧……各式各样的我穿越了时空，交织出各式各样的故事。有痛苦，也有甜蜜；有相聚，也有别离……这样无数回的故事，我就这样擅自结束掉，可以吗？"

成熟的心音难以置信地望着他们："但这都是悲剧啊！你们都会死的？"

心音与夏重相视一笑，异口同声地说："对啊，那又怎么样？"

成熟的心音猛然间理解到了什么，眼神里划过了一丝伤感，旋即用气愤的模样掩盖过去。

"我不管你们了！"她一跺脚，走入了黑夜。

没走多远，她忽然又回头，拿过年轻的心音手中的短刀，深深地望了他们一眼："能与你们相遇，真是太好了。"

她又一次离开，再也没有出现。

夏重望着天上的繁星，突然问："你真的是因为不想让故事就此终结？"

"才不是，我只是想自私地让下一个我也遇到你，让另一个世界的我也遇到你，"她紧握夏重的手，"但不管下次如何，最终你都会死去。唯独这一点，我……"

话未说完，她的嘴唇已经被夏重吻住。

"其实，我也是这样想。我也想让无数个世界中的我与无数个世界中的你相遇。"

下一回，或许有一方会爱上对方吧。下一回，或许有一方会杀害对方吧。下一回，或许……

但只有一件事是确定的。不管是什么样的故事，心音与夏重的相遇都会化作最长久的火光，引诱着十五年后的心音飞蛾般扑回到过去，一回又一回地让两颗相同的心紧贴在一起，共鸣着心音。

无限回。

/ 乐园之毒

当那艘飞船出现于星图的边缘时，整个人类世界都沸腾了。

在人类早期探索宇宙时，曾经使用过一些堪称疯狂的探险方式。比如说，让单人驾驶飞船通过不稳定的虫洞，以期有所发现。

那些年，发射出去的所有探险船全都杳无音讯，没过多久这种毫无人道的项目便被叫停了。千百年后，这事已经被大多数人遗忘，只在历史科教书占了不到一行文字的分量。如今，却有一艘动力全失的破旧飞船被人类文明奇迹般重新捕获，引发了许多研究者的兴趣。

绝大多数人都认为这艘飞船在考古学上的价值，远高于它原本的设计目的。它从内到外都体现出了古代人类对于太空环境的种种臆想，其原始的人工智能系统可以用于解读和处理那些运行环境已经灭失的远古代码。

在完成生化保障措施后，第一批考古学家踏上了这艘古老的飞船。它的主人早已经不知去向，没有发现尸体和重要的个人遗物。在尝试修复系统时，专家们发现主控电脑的人工智能保存得相当完好，可以直接重新启动。

不过，在漫长时间的冲刷下，数据库还是不可避免地损失了绝大部分的重要数据，包括这个飞船的编号、煅的个人信息以及它来自于哪个坐标。

通过残存下来的一些影像以及人工智能系统里的对话记录，考古学家们渐渐拼凑出了煅的形象以及他的经历。

那时的政府许诺，每个发现新世界的探险者都能成为殖民地的总督，但敢于把自己抛入未知宇宙的探险家也寥寥无几。他们中有罪无可赦的死囚，也有丧心病狂的赌徒……以及最不可救药的理想主义者——飞船的船长，煅。

01

置身全息影像构成的宇宙，远方群星像黑暗地穴中的宝石静静生光。俯瞰脚下的星球，汪洋中那块树所覆盖的翠郁大陆，宛如从伊甸园飘落人间的一片绿叶。

煅双目通红，念念有词，手无意识地抽动，时而咬牙切齿，时而眉头紧锁。他在虚空中快步来回走着，不时猛地踉跄停下，就在别人害怕他有一半身体会刹不住把自身撕成两半时，他突然又跌跌撞撞地向前走去。

活像入魔的演员在无人的舞台上扮演疯子。

屏息倾听从他嘴缝里漏出的呓语，仿佛自说自话，又似在与人争执，或是对着数万人演讲。在长久孤独的旅行中，他早已习惯如此吐露心声。

“乐园！我找到了真正的乐园！除非像我一样亲身体验过，谁能相信！没有饥饿，没有疾病，没有贪婪，没有自私，没有战火，没有纷争，没有阶级，没有统治，没有剥削……”

煅澈动得一度难以理解地混乱嘟囔，却浑然不自知，直到思绪就像被风暴卷入海底而后浮起那样转换到另一端，说的话才重新清晰。

“在他们的语言中，树与世界同义。

“遍布大地的树为万物提供遮蔽，气候极其宜人。那里的人与动物都同样披着他们最原始的皮毛，他们与人类如此不同，不令我太过尴尬。待久了，你会和我一样，觉得穿衣服是一件多余的事。

“树的枝头终日挂满丰硕的果实，大片地连在一起像鲜红的缎带。所有生物都以此为食，永远不忧匮乏。因此，万物是真正的同胞，是同一个母亲哺育的兄弟——树的子民。树民是他们对自身及一切生命的统称。

“你当然会问，难道这样就能造就出乐土？难道人类自身不也早就没有了饥荒，却依然如此丑陋、充满贪欲、纷争不断？

“树民从文明开始之初，甚至可能是从这个星球的生命诞生之初，就不用劳作，不用为生存做出种种丑陋的暴行，他们停滞在最美好的时代，就像永远的孩子，纯粹得接近梦幻。进化没有在他们的本能里烙印上任何欲望，天性里不带暴力的因子，他们连什么是私产也不知道。他们拥有真正的自由、平等和文明。

“我紧张地出现在遇见的头两个人面前。尽管这对兄弟如动物般一丝不挂，而我穿着代表人类最高科技的动力铠甲。但两相比较，反而是我更类似拿着石斧的野蛮人。

“他们身体纤细修长，洁白优雅，姿势仿佛绝种的鹤。全身散发出一种高贵的令人心安的气氛。湿润的青色眼睛，凝聚着淡定看破尘世的神性。与人类充满欲念的眼神完全不同，简直令人想要哭泣膜拜。

“他们如此聪敏。我在计算机的辅助下，才学懂了他们的语言，知道他们叫枞和桐。而他们仅凭自己的才智，就学会了我的语言，能准确地叫出我的名字。我注意到他们并未对我的装备展现出更多的好奇，他们不关心这个。有树遮风挡雨、提供食物，他们的文明甚至没有工具和建筑。

“他们的生活从容倦懒，互相间显得有些淡泊，只有音乐和舞蹈才能令仿佛纹丝不动的时间显得稍稍流逝。我曾困惑于这种时间静止的错觉，之后我才知道，树民是永生的。

“与那对兄弟成为朋友后，发现他们与任何生物都能极快地成为朋友，他们带我去参与过一次树民的死亡。那次之后，我才更深刻地理解，为何在树民的语言中，无论动物植物还是他人，都一概用同一个字眼‘他’来称呼。

“那个将死的树民被众人簇拥，在森林中随意行走。他全身布满皱纹，老得仿佛一棵树。走着走着，他猛然摔倒在地，不省人事。我差点想去扶他，但看周围的人全无动静才住手。三天三夜，我眼看着那个树民一点点抽枝发芽，变成了一棵树，结出鲜红的果实。众人分享第一树的果实，并为死者唱响圣歌。

“我将其称为死亡，会让你产生误解。事实上，对于树民而言，死不是生的终点、对立面，而是生的延续，是生命历程中的一个转换，是他们化身众神进入永恒的第一步！与永恒相比，他们身为人的形态所度过的岁月是如此短暂，甚至称不上是人生的开端！”

“死者化成不老的树，树又供养生者。这一轮回永远存在，这一乐土永不消逝。”煅不知不觉停下脚步，凝视树民的星球，“这难道不是真正的乐园？”

长久沉默后，虚空中突然响起人工智能的声音：“煅，您完成报告了？”

煅全身猝然一振，惊醒过来，眼神无助得仿佛在美梦中被叛军拉下床的国王。

“不，当然不！”他慌乱挥手，像把什么重重扔出似的，令全息影像起了一阵波澜，“只要我报告我的发现，哪怕隔着十亿光年，那些贪婪的人也会像虫群一样涌到这里，这个乐园将不复存在！”

“不能，绝不能让任何人知道这里！这里是我毕生追寻的理想之乡，我不能毁了它！我再不会报告，哪怕一个字。让人们以为我死了，和其他的探险者一样，没有人会放在心上。我不可能像树民一样永生，但我想要成为他们的一员。这里是我的归宿，我要在这里度过余生！”

“可是……”煅抱住头，揪紧头发，“我会毁了这个乐园，我有预感。我是一个人类！我真的有资格生活在那样的乐土上吗？我也是毒虫，身背着人类全部的丑陋劣根性——人类之毒！我有预感，我的毒将污染这个乌托邦！”

煅脸上的肌肉扭曲纠结，满身大汗淋漓，仿佛体内有什么正在分裂。

“但要我眼睁睁地错过这里，我做不到！”

他大吼一声，身体抑制不住地颤抖，对人工智能下达命令。

“我离开后，你不用再联络我。你的任务就是在同步轨道上时刻关注这个世界，飞船上的全部权限都对你开放，用所有的资源去计算世界的未来。”

“你要紧紧监视我。如果我……”煅的口吻中带着一丝苦涩的犹豫，“如果我做的哪怕最微小的事，会让这个世界毁灭，你无须提醒我。”

他深深地吸了一口气，决断地说：“你随时可以调转炮口，杀死我。”

人工智能静静运行，俨然沉默，良久才回答：“明白了，煅。”

煅长长地吐出一口气，疲惫瘫软地坐下：“我一直很庆幸，有你陪着我。”

“这是我的工作。”人工智能冷冰冰地回答。

煅舍弃了人类的一切，赤身裸体来到这个世界，仿佛初生的婴儿。飞船在他背后腾空离开时，他一眼也没有回头看。

他脸上闪过一瞬的不安，但想起自己下达的命令，又露出无比安心的表情。

02

树民的生活简单原始，一成不变。对于煅来说，便是前所未有的安宁幸福。

清晨，光滤过重重的树叶，金线般照亮世界。枞与桐两兄弟醒来，漫无目的地在森林中游荡，即兴高歌。一到晚上，树叶下一丝星光也透不进，一片漆黑。他们就像收卷的花一样静静睡去。

偶尔遇见其他人，他们只是略微点头。如果正巧碰上双方都有兴致，或许会聚在一起即兴而唱。如果碰上了异性，也可能会有一些露水情缘。

树民不会干涉任何人，也不被任何人干涉。他们每个人都能在这个森林中自给自足，极少成群出现。

有时，煅想，或许枞与桐只是大度，所以才会任由他缠着。别的树民对他谈不上友善，当然也谈不上敌视，只是冷淡随和。

煅总在意自己是一个人类，怀有欲望之毒的人。他在到来之前就觉得自己是个异类，是个破坏者。他无限地美化这个乐园纯洁无瑕的居民，潜意识里自觉低人一等。在与枞与桐的相处中，甚至有点低声下气。

他纵容他们的一切，不愿违逆他们的心意。又学习他们的语言，试图尽力融入树民的社会。绝大多数人都没有什么兴致教他，他们通常只有几个小时的耐心，随后便不愿再理睬他的问题。

煅只能利用这短短时间，向不同的人学习不同的词汇。在这个过程，他发现“火”这个词在树民的语言中与“异常”同义。

只要目睹过一棵树在火焰中化作焦柱，无法再开枝长叶结出果实，残存的黑色的一竖自然会牢牢刻在他们心头，令他们察觉到某种反常。

对于这个不需要火的世界来说，火就是异常，令黑夜变作白昼，令永恒成为终结的异常。

来自天空的异物。

雷鸣轰动，地面发颤，枝丫间闪动不祥的光。闪电点燃了树，火瞬间燃烧起来。

枞和桐猛地睁开眼睛，一反常态地有些兴奋。是动物的惊动，风的紊乱，树的颤抖或是空气的燥热，总之有什么令他们感到了火在哪里。

短短的时间里，平时互不关心的树民聚集到火边，伴着齐声歌唱的节奏，用连叶的湿树枝扑打火头，欢闹得像夏夜的庆典。煅难以想象，他们纤瘦沉稳的外表下，蕴藏着如此的激昂。这唤醒了他体内长眠已久的活力，他投身加入他们，大笑着一起高歌挥手。

第一次，煅觉得自己融入了他们。

一场豪雨及时落下来，树民停止灭火，转而唱起雨的挽歌，并起舞。一直唱到雨止住，火在遮天的枝叶间烧出一个缺口，平日只能从树叶缝隙间漏下的星光，清澈地洒满草地。

他们静默地凝视难得一见的天空。

直到火所带来的魔人气氛散尽，他们才回到日常的习惯之中。仿佛难以忍受如此大群地聚在一起，他们很快就稀稀落落地散了，一如什么也没发生过。

坐在雨后湿冷的草地上，直发抖的煅看着沉沉入睡的枞和桐，羡慕地叹了一口气。他回到焦地，扒去湿乎乎的焦树皮，用干燥的树芯点起篝火。

僵冷的神经一放松，他的肚子便咕咕作响了。他吃了几枚果实，却丝毫浇不灭饥火。他目光扫过焦地，落在死掉的动物上，有些烧成了焦炭，有些却完好无损地被闷死。

他情不自禁地咽了咽口水，仿佛已经闻到了烤肉的焦香。这段时间他只吃果实，再怎么可口，未免也有些腻了。他很难抵挡这种诱惑。

煅用树枝穿起一只，烤到八成熟就迫不及待地撕下一块吃，感觉到了前所未有的满足。

唰啦一声，枞与桐突然钻出树丛。煅猛然僵住了，脸涨得通红，感觉像犯了什么罪被人当场揭穿。

枞绕着火堆走了一圈，目光定定地看着火光。“这是火？”他困惑了。火应该是盛燃的、不可拘束的，怎么会这样安稳地烧成小小一团？

桐则被香味吸引，像分享果实那样，自然而然地吃了一块肉。他眼睛一亮，意犹未尽地又吃了一块，咂咂嘴：“被火烧过的东西原来是能吃的呀。”

他们同时用纯真好奇的目光询问煅。煅难以抗拒这种眼神。树民极少有恳求的时刻，煅相当满足，坦率地教会了他们一切。

那天夜里，枞与桐亲手生起了这个星球上他们种族有史以来第一堆人工的火。

火堆旁，桐兴致勃勃地拍手，唱着歌。枞默默凝视。

煅一度有过忐忑，生怕他们会滥用火，危及世界。但轨道上的飞船没有动静，他便松了一口气。

更何况，树民根本不需要被多加提醒火的危险。煅想，毕竟，这个世上只有火会威胁他们的生命。

他从没想过，同样的火苗在桐和枞的青色眼眸中蹿动时，会映出何其别样的光芒。

几天后，桐第一次亲手点火烤起肉，举止间有一种欢快，仿佛体内的钟被拨动了。火光引来树民的围观，他们迷惑是不是该去灭火。

“一起来吃吧。”桐热情地招手。

“肉是从哪里来的？”煅心里咯噔了一下。

“捡来的。”桐目光真诚。

煅没有回答。

不懂抵抗的幼小动物，就和树梢无知无觉的果实一样，任他们食用。零星的几个树民战胜不了好奇,加入进去。枞不加入，也不阻止。

飞船没有动静。

他口吐白沫，四肢粉碎，伤痕累累。每个人身上都有血，兴高采烈地抬着他，他是他们今天的食物。

他是一头近似牛的大型野兽。

“发生什么事了？”煅大吃一惊。

“他总是跑，所以让他不能动。”桐轻描淡写地说。

肉食者的数量在增加，以桐为中心，渐渐形成一个团体。变得警觉的小动物已经无法满足他们。

他们学会了围猎。

他们用树枝刺穿野兽，架在一旁。再用磨利的石和骨削下他的肉，放在火上烧烤。每切一次，野兽都剧烈地颤动，尖锐地惨叫。

煅倒吸一口冷气：“你们不能！不能……”煅想说不能这么残忍、冷酷、血腥。可树民的语言里没有这种词语。他只能说，“不能从他身上直接取下肉。”

“不从他身上取下肉，而要直接一整个烧？”桐想了想，说，“那么，不是不容易熟吗？”

“从他身上取下肉，和从树上摘下果实，有什么不同？”枞啃着果实问，“为什么不能？”

“他是有感觉的。”

“树也是。”桐与枞异口同声地说。

煅愣了良久，无力地说：“至少，要等他彻底断气才行。”

树民的天真无邪，令他头一次有些不寒而栗。他们不懂得伤害，也就不惮于伤害；不懂得杀戮，也就不惮于杀戮；不知道恶，也就不知道善。一切只是自然而然，不受任何规则道德的约束。

飞船没有动静。

狩猎时，一个在树梢张望猎物的树民失足跌落，摔断了脖子，当场断气。他们依照习惯环绕他唱歌。

然后架起火，吃掉了他。

“停下！停下！”煅感觉自己要疯了。他冲过去踢散火堆，从树民嘴里夺下肉块。“你们，你们不能吃同类！”

所有树民都目瞪口呆地望着他，只有桐疑惑地说：“我们，不是一直都在吃同类吗？”

煅一哆嗦，仿佛当头挨了一拳。回过神一想，顿时脑海空白，跌坐在地上。

这个世界万物平等，无分动物植物，都是树的子民，都称之为“他”。能吃一物，就能吃万物。

煅转头望向素食者枞，喉咙干涩地问：“你觉得呢？”

“我也将会长成树，吃我的果实，或是吃我的肉，有什么两样？”枞扶起煅，满面困惑。

“不一样！这……等等。”煅一时头脑混乱，甩了甩头，想了一下用词。

“你们吃他的果实，他还能以树的形态存在着。你们吃了他的肉，他就没了，不能再长成树。你们没道理使他离开这个世界！好好想想，难道你希望彻底离开这个世界吗？”

桐想了想，平淡地说：“我无所谓。”

“怎么可能！”煅大叫，“放弃永生？谁会愿意离开这个世界！”

他望向在场的树民，期望看到赞同。

没有人点头。就连枞也是。

“对了，你们不理解的……”煅扶着头。

这里没有人理解生与死，自然不知道永生的珍贵。而且，他们没有非得去完成的事，非得去得到的东西，天天只是幸福地生活而已。时间对他们来说，仿佛是多余的。太习惯幸福了，反倒字典里没有幸福这两个字。

“至少，变成树，可以让更多人吃饱。吃肉只能吃几次，”他指着枞说，“如果你没有果实吃，不就饿死了。”

“我觉得，不太可能。”枞看了看周围。

漫山遍野的树，像披着红绸一样挂满果实，无人采摘。果实熟落，泥土染上浓香。

煅哑口无言。他眼中的乐园，竟成了一种阻碍。

于是，肉食者继续用餐。

“你们总该希望活下去的吧，不然，为什么要吃东西！”煅觉得反胃，咬牙离开了那里。

桐与枞沉思着目送他远去。

飞船没有动静。

03

踏烂的果实，鲜红的汁液混着血在地面横流。他们奔跑着，被石头砸倒。肉食者蜂拥而上，撕碎他们、烤熟他们。凡肉食者中有死去的，随即也被分食。

素食者在肉食者面前，不堪一击。

肉食者将战场当作盛宴，蝗虫过境般地推进着，直到脚步被密集的树障挡在山下。这是上万素食者自愿牺牲所构建起来的保卫山中十万树民的最后城墙。他们点起火焰，映天的火光舔舐着森林，饥渴的肉食者只等最后一道屏障烧尽。

枞站在山顶，遥望地面上的火光。

“他们大概五万人。这次，他们主力全出动了，”他顿了顿，“桐应该也在那里。”

煅蜷缩在一旁，抱住头，面如死灰，嘴里喃喃着：“为什么……

为什么会变成这样……”

一切变化得如此迅猛，就如小小的火星转眼间烧遍整个平原。等他回过神来，事情就已经变成了现在这样。

枞冷静地拍拍他的肩膀：“我带人去布置防御。”

“没用的……”煅低声嘟哝。

“生命是珍贵的，”枞注视他的眼睛，“这是你告诉我的。我曾经不明白，但现在我明白了，并要为之奋斗。所以，你也不要放弃。”

煅呆住了，连枞什么时候离开都不知道。

一切好像在做梦。短短几年，肉食者崛起，将素食者当成了主食，最终发展成肉食者与素食者的战争，席卷整个大陆。

肉食者更强壮、更敏捷、更团结、更富于攻击性。与其说是战争，不如说是狩猎。数以十万计的素食者被屠杀，曾经的伊甸园，如今变成了地狱。

因为煅教会了桐用火吃肉。

煅抬起头，试图从一览无遗的天空找到飞船的踪迹，却又一次徒劳。

“你在看着吧，我知道你在看着！转动炮口，把这一切统统夷平！你这破烂飞船！”煅怒吼，“我交给你的任务是守护世界！他们将要毁了世界！为什么不消灭他们？”

天空毫无动静。

“他们屠杀数以万计树民的时候，为什么不杀了他们？他们在世界上扩张势力的时候，为什么不杀了他们？他们以自己的同类为食的时候，为什么不杀了他们？我教会桐生火吃肉的时候——”

“为什么你不杀了我？”煅抓扯头发，泪流满面。

“你应该预测到我会毁掉这个乐园，为什么不杀了我？我是想不到的啊，教他们生火吃肉，会亲手把这乐园变成地狱！我不该来这里，我只会污染这里！我身上满是人类的毒，毒不死我自己，却会毒死没有抵抗力的婴儿！”

他悚然噤声，神情大变，被自己的话吓住了。

枞回来时，煅不见了，只留下一封信。

两行歪歪斜斜的脚印通往山下。

肉食者看见了煅。他独自一人站在不高的山崖边，俯视脚下的人群。有肉食者打算用石头扔他，被桐阻止了。

桐一身雕像般的肌肉，目光冷酷凶残，仿佛已经成了另一个截然不同的人种。

“恶魔！”煅盯视他说，“我最后只有一个问题，为什么你要这么做？”

“恶魔，那是什么意思？”桐想了想，“想必是恰如其分的形容。跟你在一起，总是能学到很多。”他微笑。

在煅的眼中，是狞笑：“回答我的问题。”

“很简单，为了消灭素食者，”桐握紧拳，青筋纠结，“存在，你说我们存在着是为了什么？为了整日无所事事，最后变成一棵树？是素食令我们成为那样，但我们本没有选择，只能如此。是你，带给了我们新的选择！我们要往新的道路上前进，但我们的种群中还有素食者，他们只会令我们止步不前。所以，我要消灭他们，吞食他们，让所有人都变成肉食者，让我们的种族获得新生！”

煅绝望地笑了，放弃说服桐的希望。他深吸一口气，张开手臂，飞翔般跃下山崖，投入肉食者中。

他重重地摔在地上，骨头粉碎，血肉模糊。环绕着他的肉食者让开一条路，桐走近看着他，露出不可思议的失望神情。

“你……居然就这样自杀了？”

煅笑着闭上眼，神情恍惚地喃喃：“我是人类之毒……”

桐吃了第一口。旋即煅被无数张嘴分食，仿佛扑入火中的飞蛾瞬间化成一撮灰随风散去。

连一点点痕迹都没有留下。

能够来到这个乐园，哪怕只有一瞬的温暖和幸福，我也心满意足了。

我从没有想过毁灭你们的乐园。

但我是毒，而不自知。

因为我习惯了自己的毒，却不经意地把这毒传染给了你们。这人类之毒不受我的控制，出乎我的意料。

但我想，我有办法结束这一切。

因为我是毒，而不自知。

你或许无法理解什么是病毒，但你只需要知道，吃一种从没吃过的活物，是危险的。你不知道他的体内有什么东西。你平时能和他相安无事，但将他吃进了体内就会丧命。

我，一个人类，来自遥远星球的生物，是这个世界的异物。这里容不下我，我不属于这里。我的言行、我的呼吸、我的血肉，对于你们来说，就是致命的毒。

所幸我是毒，而不自知。

这是我一生最大的悲哀，却也是我此时最大的幸福。

我将投身肉食者之中，让他们将我撕成碎片，并吞入肚中。我将化身为剧毒，在他们中传播，消灭所有的肉食者，恢复世界的原样。

或许如此，我能够赎去一点点我的罪。

枞读完信，在背面看到了处理瘟疫的常识，第一条就是用火。他小心翼翼地把信收好，遥望山下。

一个月后，肉食者撤退了，扔下上万具糜烂发黑的尸体。

早在故事开始之初，众人对故事的结局就已有所猜想，这个男人必然会悲剧地结束故事，毁灭这个完美的理想之乡，自己变成了污染那个世界的毒。

然而，故事没有结束。

煅失算了。面对未知的病毒，依然也会有一定数量的免疫者。食肉者没有死尽，他们一路抛弃尸体，逃到了海边。

一望无际的海，从未有人涉足，食肉者无路可逃。

某个夜晚，枞独自离开营地。他并不知道要去哪里，只是随意散步。不知不觉走到一片月光皎洁的空地，他略有所感地停步休息，听着远方隐隐的海涛。

过了一会儿，树丛“唰啦”钻出一个人，看到枞，一惊。两人同时去摸随身的木棍。

看清对方后，枞率先放下了武器。见状，对方也犹犹豫豫地放下武器。

是桐。虽然满身满脸都是瘟疫留下的骇人伤疤，但桐确实还活着。

他们互相凝视了一阵，桐率先开口，第一句话就是：“他死了。”

“我知道。”

“我还活着。”

“看到了。”

“你打算杀了我？”

“不知道。”枞摇摇头。

“不知道？”桐笑了，“我们杀害了你们那么多人，你们把我们驱赶到这里，只差一口气就能把我们赶尽杀绝。现在，你说不知道？”

枞又问：“你们死了这么多，你恨他吗？你恨他的毒吗？”

“当然不。这毒是磨炼，强者能够通过，而弱者死去。这很公平。如果我在这里被你们消灭了，那也只是我们自己弱小。”

“同样。你们就是我们的毒，是我们的磨炼。我们经由你们，发掘出自身的力量，就像在火的夜晚时那样。只有你们存在着，我们才会时刻警醒变强，不浪费自己的生命。”

“自从开始食肉，就觉得日出日落变得难忘了。不像以前，连昨天的事都记不住。”

“所以，我不恨你们，不知道该不该杀了你们，”枞说，“其实，我一直希望你们躲起来。”

“不可能的。我们每个活下来的人，都带着去不掉的伤疤。我们与这里就是格格不入。”

“听起来，你们有办法了？”

“我们已经推倒大树，把他们连成一整块就能承载泥土，漂在水上。”

“你们想出海？”枞的眼睛亮了。

“是的，只要你们晚些发动进攻，我们就来得及完成，”桐说，“去海的另一边，寻找一个新的世界。”

第二天黄昏，树民发动总攻时，发现留给他们的只有一个空荡荡的沙滩。

远处夕阳下，一个小小的黑点拖着长长的影子。

自从那时起，这个星球如同停滞般的时间才开始缓缓转动。

遥远的往事变成了神话。

在树民的神话中，来自群星的恶魔降临，散播瘟疫，操纵食尸徒大军，妄图毁灭乐园。第一代的圣王枞阻止了瘟疫，领导树民消灭了恶魔，将食尸徒赶离乐园。他建立了第一个圣国，引领人民建立起一个富有活力的王国。但食尸徒始终是树民心中的阴影，海边的堡垒日夜守望着远方，防备食尸徒卷土重来。

在食尸徒的神话中，他们本是乐园的居民，受来自群星的恶魔诱惑而成了食尸徒，受到瘟疫的惩罚，最后被放逐到野兽凶猛、寸草不生的苦寒之地。他们在第一个先知及战士桐的带领下，艰难求生繁衍。在桐死后一百年间，食尸徒分裂成七个不同教义的教团，无一例外地渴望重回乐园。

这一切都被记录在了数据库的最核心部分。通过人工智能当时对自我行为分析的报告，考古学家还原出了它的行为逻辑。

如果放任树民继续在那样的乐园中生活，树终会挤占树民的生存空间，夺走阳光和空气，最后这个文明将被捂死在那片大陆上。煅的行为改变了整个世界的命运，而他命令它守护整个世界，而不仅仅是那个乐园。

这是它的工作。

04

飞船中的所有人都沉默了，记录中的影像最后定格于枞与桐在破晓时分别的那一刻。

桐说：“我从不恨他，我感谢他为我们所带来的一切，包括带给我们的毒与磨难。”

枞沉默了一下，回答：“我也是。”

千年之后，煅成了传说中的恶魔。

无论是在树民还是食尸徒的眼里，煅都是邪恶的化身、危险的魔神、万物的毁灭者。他们畏惧他、诅咒他、憎恨他、丑化他。没有人了解他，更不可能认同他。甚至他自己都不能原谅自己。

事实上，他从不知道，自己压根没有理解过这个异星的乐园。他想守护的仅仅是想象中最纯最真的幻象，最终迷失于自己的幻象之中。

然而，两个人发自肺腑的感谢与崇敬，就像在一片漫漫的黑夜中两点渺茫的星光。或许，这便能够指引着那个男人的灵魂抵达他所憧憬的乐园。

/ 我与双生少女的末日时光

“一个月后，12 月 25 日，人类文明将毁于彗星的撞击。”电视里的主播面色凝重悲伤地宣布。

双胞胎女孩并肩窝在沙发里，两双天真无邪的眼睛互视了一眼，同时露出如释重负的笑意。

“我们躲过一劫。”双胞胎之一说。

“我们运气真好。”双胞胎之一说。

“大难不死。”“劫后余生。”“逃出生天。”“柳暗花明。”……

我从来分不清她们谁是谁。她们总喜欢用相同的清嫩声调，你一句我一句，唱着儿歌似的说话。每每这种时候，就像有两个插着翅膀的小小人围着我脑袋打转，还一边撒着让人眼花缭乱的金粉和彩屑。

“怎么可能，”我叹了一口气，“不是说了，全人类都会被这颗彗星毁掉，谁都逃不掉。”

双胞胎女孩得意地笑了。

“我们不会被彗星杀掉。”“我们不会和人类一起毁灭。”“因为呢……”“理由是……”

她们的笑容真就像太阳一样耀眼。

“那天前我们就会死掉！”“我们绝对活不过那天！”

01

昨天晚上，双胞胎突然出现在我家，完全把我当成了死人。她们旁若无人地拆开不知道哪儿来的薯片，嘻嘻哈哈地看起电视。

我被吵醒了，脑袋昏昏沉沉，看到屋子里突然出现两个雪白病服的女孩，感觉自己身处另一个世界。想说什么，却又难受得说不出话，睡前吃下去的东西以这种方式提醒我自己还活着。头疼得不行，身上一股酒味，连我自己都要吐了。

刚开始作呕，我就被某种无形的力量扔到了房间外。

“想吐的话出去。”“不要搞脏房间。”“不然会挨骂的。”“不然会遭电击。”“注射神经毒素。”“打碎全身骨头。”

我脑袋还有些麻木，压根没搞明白究竟发生了什么事。喉咙口涌起的酸味逼着我跑进厕所，抱着马桶吐得昏迷过去。如果不是她们又叫醒了我，我差点就溺死在了里面。

“饿死人了。”“快去烧饭。”“饥肠辘辘。”“食指大动。”“珍馐美馔。”“残羹剩饭。”

我也觉得肚子空得好像连肠胃都吐出来了，挣扎着爬起来。

在厨房翻找时，我差点又想喊妻子来问问，旋即才想到她已经不在世上了。双胞胎趴在桌旁，像两只张着嘴嗷嗷待哺的小鸟。

她们的模样突然让我想起来，妻子生前一直很想要孩子，特别喜欢双胞胎。

我给她们泡了方便面，氤氲的蒸汽在两双憧憬的眼睛前浮动。

“你们是谁？怎么进来的？”我问她们。

“我们是超能力者。”“我们是人型兵器。”“最尖端的。”“最顶端的。”“最极端的。”“最异端的。”“组织制造了我们。”“我们背叛了组织。”“因为很无聊。”“因为很无趣。”

差不多就是这么一回事。她们是邪恶组织制造出来的超能力杀手，强得超过了组织的想象，轻易地从基地逃了出来。

总觉得在哪里见过类似的故事，她们是动画片看太多了吗？

“我说你们……”我话说到一半，看着面条摇摇晃晃地悬浮到半空，蠕动着钻进她们的小嘴里，突然就忘了自己原本想说什么。

我活了三十多年，不会轻易被吓到。这一定是魔术，肯定在哪里藏着什么机关。

她们望着张口结舌的我，说："不吃吗？""不饿吗？""那给我。""我想要。"

碗里的面嗖地飞上半空，分毫不差地分成了两团，落在她们的碗里。

我觉得自己一定是产生了幻觉，差点被地上的空药瓶绊了一下，跌跌撞撞到了阳台，想要呼吸一下新鲜空气。

风吹来一阵新鲜的血腥味。

顺着气味望过去，一个男人惨不忍睹地缩在隔壁阳台的角落里，像个假人似的。

这是我的邻居，一位乐心助人的好好先生。以前我和妻子每次出门，他都会热情地向我们打招呼。只是他家偶尔会传来奇怪的腐臭味，总说是冰箱不太好，肉和鱼容易臭。

我再度冲进厕所吐了起来，想把脑袋里的疯狂幻觉吐掉。

“又吐了。”“还在吐。”“真脆弱。”“真软弱。”“真羸弱。”“真虚弱。”……

作为一个成年人，被两个小女孩这么说，着实有点伤人。

“因为有人死了，”我下意识地解释，“你们在这里待着别动，等我报警。”

许久未曾用过的手机，不知何时已经没电了。我正满屋子翻找充电器，双胞胎已经把事情的来龙去脉说了一遍。

“半路遇到这男人。”“请我们去家里玩。”“家里好多小女孩。”“但都泡在瓶子里。”“他要和我们玩刀。”“我们就陪他玩了。”“没想到他不经碰。”“一玩就玩坏掉了。”“我们觉得好无聊。”“只好到你这里了。”

我考虑着警察有没有可能相信这番话，一时不知道该拿她们怎么办。屏幕里的电视剧突然切换成了新闻，传来了世界将要毁灭的消息。

一团在遥远虚空中碎裂的彗星正在向地球逼近，最大的碎片直径超过了十公里，撞击在地球上毫无疑问会带来毁灭。为什么它直到这么近的距离才被发现？既有人说是计算机程序错误，也有人说是某个邪恶组织的阴谋。不管是哪种，现在追究这一切已经没有意义了。

网上有很多主意。比如派人登上彗核装个核弹；把彗核的一面涂成别的颜色，利用阳光改变轨道；发射一枚卫星，用微弱的重力干扰，牵引彗星；最不济还可以建造地下掩体、巨大的方舟和飞艇，直到灾难过去再重返大地。

让人觉得人类还很有希望。

双胞胎兴致勃勃地对着电视，每眨一下眼睛，屏幕就换一下频道，完全不知道遥控器是何物。电视里最常播的就是宣布彗星撞击的新闻发布会。

记者们一窝蜂地冲向新闻发言人，发出一些诸如“是不是真的”“为什么没有早点预测到”“这不科学”的吼叫。发言人面色惨然地掏出一把枪，对着全场怒吼：“你们还不明白吗？我们完蛋了！全部！”

他把枪口塞进了自己的嘴里。

枪声一响，全场寂静。

看到人们尖叫着四散，双胞胎咯咯直笑，来回把这一段看了十遍有余。

“有什么可笑的。”我心烦意乱。

屏幕突然定格，双胞胎齐指角落里不知哪儿来的宠物。“那条狗好像猫哦。”“那只猫好像狗呢。”“有趣。”“好玩。”“搞笑。”“幽默。”……

我无言以对，只能抱怨别的事。“干吗要把同一个意思的词翻来覆去说好几遍。你们好多词都用得不对，而且又不是成语接龙。”

“我们是最强武器。”“我们是最恶凶器。”“太过危险。”“需要限制。”“只剩下一个月的生命。”“只需要一个月的寿命。”“命中注定。”“死到临头。”“人生苦短。”“朝生暮死。”“危如累卵。”“梦幻泡影。”

“所以呢……”“当然要……”她们对视而笑，“把没说过的话都说一次。”“把学到过的词都用一遍。”“物尽其用。”“天生我材。”“不枉此生。”“无怨无悔。”“心满意足。”“含笑九泉。”……

没有人类的常识，没有人类的感情，作为杀人武器而生的双胞胎女孩，即使世界就要毁灭，即使自己就要死去，她们也会一直笑着。

宛若能从阴霾的天际呼唤来晴朗。

02

一个星期过去了。

天空中降下了燃烧的陨石雨，浇灭了人们对于预测失误所抱的任何幻想。

彗星团外围的第一波碎片率先到达地球，我所在的城市是预定的灾区。

人们朝各种各样的地方逃跑，整个城市就像地震来前的蚁穴。有人觉得深山安全，有人觉得地下更安全，还有人觉得只要避开人群，哪里都安全。留下的人，要么是疯子，要么是想自杀，要么是觉得末日到了，已经怎么样都无所谓。

要么就是我和双胞胎女孩。

我们在屋里没出去，外面的混乱和汽车喇叭声都被她们屏蔽掉了。偶尔有人想冲进屋，就被她们扔到了隔壁，陪着那个死人一起。屋子里只有电视机的声音，双胞胎并肩对着屏幕一动不动。

这幅光景，时常让我错觉自己身处悬浮于宇宙之中的太空舱。

我一直很奇怪自己为什么不逃离她们。她们并没有表现过半点强迫我留下的意思。或许仅仅因为这里是我的家，我无处可去，习惯性地留在这里。

又或许，在这末日的混乱之中，反倒是她们异常得若无其事，让我还能握住一丝日常感。

流星抵达的那个晚上，整个城市轰隆作响。无数火红的流星，射穿阴云密布的夜空，在地面劈出一道道伤痕。不真实得宛如电影的特效。处处在崩塌、爆炸和燃烧，映亮了双胞胎雀跃的身影。

她们就像有生以来头一次看见初雪，在流星雨夜中飞翔起舞。我倚在阳台仰望，以为她们会就此飞往世界的终点。

然而，流星落尽之后，她们却还是叽叽喳喳地回来了。

“好漂亮。”“真华丽。”“光彩照人。”“倾国倾城。”“如醉如痴。”“爱不释手。”……

我环视四面的废墟，周围布满了巨大的弹坑。唯有我所在的高楼奇迹般地安然无恙，孤零零地矗立在焦土之中。

电理所当然地断了。双胞胎用超能力启动了电视，但电视信号已经没了。她们对着满屏的雪花，也饶有兴致地看到天亮。

计算了一下家中食物和水的储备，我决定出门一趟。双胞胎也要跟去。

崩塌的楼宇，断裂的道路和风中的焦臭。连绵好几公里烧黑的车流，宛如一长串死掉的蛇。满目疮痍的城市中，每每从废墟中发现熟识的招牌、广告或是建筑的碎片，感觉就和见到爱人的脸出现在一具冰冷的尸体上一样陌生。

我才发现，自己其实并不关心食物的储备，只是想最后看一眼死去的城市。

精力过剩的双胞胎，一会儿去拼一座断成两截的雕像，一会儿又打碎一块幸免于难的玻璃，不时拿着个不明物体的碎片，缠着我问这是什么东西。

“不要到处乱跑，快点跟上来。”我对两个蹲着看一张比基尼模特海报的双胞胎大喊。

她们赤着小小的脚快步跑上来。不管踩过多少黑血与泥泞，那双裸足都像她们的衣服一样雪白，仿佛她们脚下的道路是由洁净的羽毛铺就的。

附近的超市和商店早被扫空了，我只好去稍远一点的地方碰碰运气。

一路上，我吃惊于城市里有如此之多无主的狗，大摇大摆地啃着不知道是什么来头的肉块。有些亲近我们，而有些则一副孤狼的神色。到最后，一大群形形色色的狗默默地跟着我们，感觉像我在最前面吹着长笛似的。

它们大概也是有地盘之分的。等我们走过一个路口，它们便停下脚步，大大小小的眼睛神情各异地目送着我们离开。

双胞胎欢笑着对它们挥手说再见。我却打定主意，绕一些远路也要避开狗群。因为它们的眼神，一个个都附着它们主人的亡魂。

路过一个公园时，有一片树林奇迹般地从灾难中幸存了下来。那郁郁葱葱之中，我第一次看见了人迹。

死人。

一个人吊在一棵树上。一个个人吊在一棵棵树上。风吹过，一双双腿宛如摇曳的风铃管般摆动着。

是集体自杀？不，就算我这个外行也看得出来。他们死亡的时间不一。有些人脚下还扔着背包，逃命正逃到了一半。他们原本是想活下去的。

第一个人在这里自杀了。第二个人路过，见到尸体，突然也自杀了。于是，第三个、第四个……每个人都被这种诱人死亡的魔境所迷，失去了活下去的力量。

我与死者瞪血的双目对视，突然从心底泛出一种异样的情绪。并非悲痛，也非恐惧，而是一种彻骨的无可奈何和绝望。

看，末日到了。我们谁也逃不掉。

"有饼干。""有薯片。""大丰收。""发大财。"双胞胎兴高采烈地翻着死人的背包。

回去的路上，双胞胎开心地把夹心饼干拧成两半，你一口我一口地吃着。她们从来不牵手，不需要确认对方的存在，相信对方永远就在身边。

真好。

走着走着，无论是我所身在的这个世界，还是我所栖息的这个身体，突然都变得无比遥远。不知不觉，我停下了脚步，感觉再走半步，我的身体就会弃我的世界而去，我的灵魂就会弃我的身体而去。

我为什么还活着？

很早之前，我的父母就已经不在了，没有特别亲近的亲戚，没有生死之交的朋友，我所爱的人全都已经离我而去了。这世上本就没什么值得我牵挂的了，现在连这个不值得牵挂的世界都要结束了。

我究竟还在期待着什么?

那个树林始终在我脑海里盘旋，催促我回到死者的行列。

头顶传来巨大的轰鸣，庞然的黑影笼罩地面。身旁的大楼忽然崩塌，数十吨钢筋水泥裹着玻璃的碎片，将要把我吞没。

我仰天注视着压倒性的黑暗，心中浮现的是太阳沦入黑夜的景色。

等了片刻，晶莹的碎玻璃停在我的鼻尖上，始终落不下来。

“又在发呆了。”“又不想活了。”双胞胎发出银铃般的笑声。

她们轻轻巧巧就把小山似的水泥块移到了一边，连一片尘埃都没吹起。

一直以来，我所见她们做的事无非就是把面条举到空中，给电视机通电。我从来没想到过她们娇小的身体还拥有如此的力量。

我怔怔发呆。回想起那场陨石雨中，偶尔有砸向她们的陨石，都撞在了无形的壁障上，像落在伞上的雨点般被弹开。我所在的大厦能完好无损，绝对不是运气。

心猝然被一个念头击中。

“你……你们……”我深深呼吸，让狂跳的心平静下来，“你们，如果，仅仅是如果，那颗彗星到时掉下来，你们有没有办法挡住？”

“可以啊。”“没问题。”

我一阵晕眩，全身的血液仿佛在倒流，忍不住紧紧握住她们的手。“真的？你们能做到？没骗我？”

“我是最强兵器。”“我是最终凶器。”“我可以砰地把它打碎。”“我可以咻地把它打飞。”“轻而易举。”“不费吹灰。”“易如反掌。”“十拿九稳。”……

“那你们可以拯救人类！”我激动地嚷起来。

她们同时歪起脑袋，像是在中间竖起一面镜子。“为什么要去救？”“救了又怎么样？”“大家一起死。”“谁也不独活。”“不是很好吗？”“不是很棒吗？”“谁也不孤单。”“谁也不寂寞。”

“不，没有人想死！”

“那又如何？”“又能怎样？”“谁都要死。”“无人永生。”

“对……对，但是，人活在这个世界上，是有各种各样的事想做的。没有人愿意这样突然地离开世界、充满遗憾地离开世界。”

“不明白。”“搞不懂。”“为什么非要活下去不可？”“为什么非要做什么不可？”“在能活的时候活。”“在该死的时候死。”“生不带来。”“死不带去。”“不喜欢救。”“用不着救。”

“不，你们救了我。所以你们是希望救人的。”

“救了你？”“我们救？”她们奇怪地扫了我一眼。

“昨天晚上，你们保护了我，保护了大楼，不是吗？”

“不是救你。”“救了何用？”“我们想看电视。”“电视不能坏了。”

“刚刚你们也救了我。”

“饼干在你包里。”“压烂了多可惜。”

她们随时可以离我而去，我也没有任何理由跟在她们身边。

在她们眼里，我的命还没有电视或是饼干有价值。这一对明眸的女孩，对这个世界毫无眷恋，也不会珍惜这个世界上的生命，甚至可能都不惋惜自己的生命。

她们降生于一个末日的世界，恰似她们那蜉蝣般短暂的生命。当她们的人生走到尽头时，这个世界也随之走到了尽头。简直就是永生的神明。

反倒是我，我们这些人，生命长久得超过必要，才有如此多烦恼。

但哪怕是自寻烦恼，我也想留在她们身边，让她们拯救这个世界。

03

我从柜子深处翻出蒙尘的播放机和碟片，试着放了放，居然还都能看。

“别老对着雪花发呆了，来看动画片吧。”我说。

妻子最喜欢看动画，我尽管从来不感兴趣，也被逼着陪她一起看了许多。我找到印象里的那个故事，那是一部有点年头的作品了。

被邪恶组织改造成超能力杀手的少女，突然有一天逃离了囚禁自己的地方，与一个很普通的少年相遇。少女逃避着组织的追杀，并与少年产生了羁绊，从非人的兵器成了拥有真正感情的少女。

Boy meets girls. Love is love.

双胞胎看完后，黑珍珠般的眼眸闪闪发亮。

“真好哪。”“很感人。”“催人泪下。”“心驰神往。”

“超能力杀手少女有了。”她们互相指着。

虽然是两个。

“很普通的少年也有了。”她们指着我。

虽然过期了。

“但是呢……”“可惜喔……”她们颦眉嘟嘴的模样都一模一样。

“组织已经被我们摧毁了。”“没有敌人能来追杀我们。”“赶尽杀绝。”“斩草除根。”“全军覆没。”“灰飞烟灭。”

好好好，我知道她们很厉害了。

“早知道就留博士一条命了。”“他一定能再造出好多我们。”“但他也说我们的诞生是个奇迹。”“无论再重复多少遍也不会成功。”“号称珍宝的大脑也不过如此。”“挖出来也和普通人一模一样。”“真无聊啊。”“真没劲呢。”“所以我只有你了呢。”“所以我只有你了喔。”

身为普通的“过期少年”，我好像是多余的。

她们把画面定格在女孩抛弃了实验品代号、用少年起的名字来称呼自己的那一幕。“名字名字。”“快点快点。”

我有些措手不及，一直以来也没见她们提过什么称呼的事，还以为她们不在乎。我根本分不出她们两个，更别说给她们分别起名了。

我只能指着左边一个说：“你叫左零。”指着右边一个说：“你叫右壹。”

“好啊！”“真棒！”“小零你好。”“小壹你好。”

她们开心地围着我打转，让我油然产生一种罪恶感。我该更认真一点，给她们想个好名字的，然而所有的取名能力好像早就已经耗尽了。

“快点叫我们试试看。”“好想被别人叫叫看。”

“小零。”我说。

她们异口同声地举手：“有！”

“小壹。”我说。

她们不约而同地举手：“有！”

“你们干吗一起回答？我叫到谁，谁就回答。另一个别出声。”

“不要。”“讨厌。”“只有一个人能回答。”“另一个人不能回答。”“回答的人太孤单了。”“不答的人太寂寞了。”“说话也好。”“回答也好。”“一人一句。”“人人都说。”“谁也不落单。”“没人会寂寞。”

“好好，你们说得有道理，”我头痛起来，“但那就没有起名字的必要了。”

“当然有。”“怎么没？”“有了名字。”“有了称呼。”“我就可以说小零是小壹了。”“我就可以说小壹是小零了。”

我有点糊涂了。“是说，姐姐就是妹妹，妹妹就是姐姐？”

“没有姐姐。”“没有妹妹。”“先出生的人在世界上孤单。”“晚降世的人在黑暗里寂寞。”“我不能让小零孤单一刹那。”“我不会让小壹寂寞一瞬间。”“所以我们一起诞生。”“因此我们同时死去。”

她们脸上甜甜的笑容，总让人不能相信末日将至。

有了名字，小壹和小零又像乞求糖果一样看着我。

“我们是超能力兵器。”“而你是普通的少年。”“你会教会我们什么是感情。”“你会告诉我们世界的美好。”“带我们出去玩。”“就像动画那样。”“时不我待。”“分秒必争。”……

不出我所料，孩子果然都会对动画和玩感兴趣。

我带她们去游乐园。

游乐园被陨石雨砸烂了。她们让过山车沿着看不见的轨道冲刺，让没有支架的摩天轮转得像暴风中的风车，玩得特别高兴。但是，一地的垃圾碎片和烧焦的玩偶，实在让我有些心情忧郁。

“这不是很好玩吗？”“你有什么不开心？”小壹和小零问。

我捡起散落地上的照片，指着上面的一张张笑脸。我想告诉她们，这里应该飘荡着气球和彩带，而不是灰烬和黑烟。广场上有穿着玩偶装的演员，有挥出彩虹的喷泉以及游行的舞蹈队伍，处处满溢着笑容和音乐。

那些照片蒙着一层白灰，像一个褪色的梦。

她们了解地点点头。

于是，脏得看不清颜色的气球和彩带浮上阴沉的天空，空壳的玩偶装歪歪扭扭地列队，破损的喷泉吐出一股股浊水。断腿的旋转木马、折颈的天鹅船以及一大堆纪念品布偶组成一支奇异的游行队伍，绕着广场打转。

广播里放出她们天真无邪的笑声，伴着低哼的歌在空寂的游乐园中回荡，就像有一个幽灵正盘旋不止。

“你说得对。”“热闹多了。”

“不，完全不对。”

“不明白。”“不理解。”“这样不错。”“喜欢这样。”

她们嘻嘻哈哈地踩着破碎的玻璃，扔下抱着脑袋的我。

我又带她们去海边。

“是海！”“好棒！”“海阔天空！”“望洋兴叹！”“贻笑大方！”“沧海桑田！”……

阴沉的天空下，沙滩被死鱼占领了。浊浪冲来一波波垃圾，海沫如同黏稠的浓痰一样让人不快。

双胞胎穿上泳衣，娇笑着在污秽的沙上印下一列贝壳般的小小脚印。又用垃圾和泥沙堆成了巨大的城市，仿佛遥远海边的蜃景。

“给我们涂防晒油。”“而且要红着脸。”“像动画里一样。”“像男主角一样。”“怦然心动。”“一见钟情。”“神魂颠倒。”“魂牵梦萦。”……

她们挺起青涩的胸口，模仿前些天蹲在地上看的性感海报，摆出撩人的姿势。

“你们这两个小孩，谁会被你们迷住。”我笑了。

“你不是萝莉控吗？”“你不是恋童癖吗？”

“你们两个哪里学来的！”

“那部动画片里。”“你给我们看的。”

我假装怒气冲冲地嚷，禁止她们再看动画，结果直接被扔进了腥腻的海里。透过混浊的海水，她们的笑声宛如刺穿阴厚云层的天光。

无论我带她们到哪里去都一样，她们都乐在其中。看着她们嬉闹的身影，恍惚间我总会以为妻子就站在某个回头可见的地方，表情温柔慈祥地注视我们，身影宛如风里的树。

有时候，我觉得这样好像也不错，但这个残破的世界时时刻刻提醒着我原本的目的。

我希望她们喜欢的不是一个惨淡无色的末日，而是一个欣欣向荣的世界。我想让她们明白这个世界的美好，而不是现在这样的末日也不错。

又一个星期过去，人类还剩半个月的寿命，我仍然束手无策。

我做了一个噩梦。巨大的火球从天而降，双胞胎微笑着在天空中看着我在火海中沉沦，宛如冰冷机械的神明。

惊醒过来时，月光洒落房间。双胞胎静静地并肩坐在阳台上，看着月亮。她们从不需要睡眠。

“醒了？”“梦了？”她们回过头，月色照亮青白的笑脸。

她们也不会做梦。

“梦见什么？”“梦是什么？”

“忘记梦见什么了，”我说，“身体睡着了，大脑还在工作。这就是梦。”

“真讨厌。”“好奇怪。”

“为什么？”

“身体睡着了。”“大脑却没有。”“岂不是很孤单？”“岂不是很寂寞？”随即她们又自说自话地恍然大悟。“原来如此。”“就是这样。”“所以才要做梦。”“为了排解寂寞。”“所以我们做不来梦。”“因为我们从不孤独。”“我们不像月亮。”“我们就像太阳。”

“太阳？月亮？”我不明白。

“月亮很孤单。”“太阳不孤单。”“如果月亮死了，没有人会困扰，没有人会陪它。”“如果太阳死了，大家都活不成，全都要给陪葬。”“我们不是独自出生。”“我们不会独自死去。”

天空中有一轮满月。她们眼中是万里晴空的颜色。

孤单，她们总把这个词挂在嘴边。仿佛担心孤单这个词不被人提及，会不会太孤单。

“你们一直都在一起？”

“一直。”“永远。”“诞生之前。”“毁灭之后。”

她们笑嘻嘻地告诉我。

在身体还没有完全成形之前，她们就拥有了意识，就能感受到周围的一切。

黑暗仓库的阴影，实验台上的白光；无数面孔相同的死婴，血浆瓶里抽搐的内脏；机器子宫的冰冷触感，培养液体的清澈温暖；朗读书本的电子合成音，博士注视时的狂热眼神……以及一直在两个实验室中相隔一堵墙的对方。她们一直都知道，自己不止一个自己。自己的痛苦不仅是自己的痛苦，自己的幸福不光是自己的幸福。若非如此，无论痛苦或幸福，都会孤单得受不了。

她们出生之前就感应到了对方的存在，一睁眼就毁灭了一切障碍，去与这个世界上的另一个自己相遇。

那对相倚的身影，就仿佛一个完整的太极。不管抵达什么样的天国或是地狱，只要有了对方，处处都是完美的世界。

我一直以为，小壹和小零和我在一起，我总能慢慢说服她们拯救这个世界。但我错了，我所在的世界与她们的二人世界根本不同。

无论我付出多少努力，都不可能使她们真正来到我所在的这个世界，更不可能让她们想要拯救这个世界。

我好像知道该怎么办了。

04

天空难得放晴。我在楼顶上摆了两张椅子，准备了两块白布和一把大剪刀。双胞胎好奇地蹲在旁边，托着脸颊。

“今天天气不错，我们来理发。”

她们一脸新奇地坐上椅子。“小壹的椅子比我大。”“小零的椅子比我小。”

这样一来，我总算知道谁是小壹，谁是小零了。我给小壹围上白布，轻轻握起她落到腰间的柔软长发。咔嚓咔嚓，剪到露出后颈细腻的皮肤为止。

小壹有趣地照着镜子，小零无聊地骑着椅子。

我收起了剪刀。

“还有我。”小零不满地提醒我。

“还有她。”小壹困惑地提醒我。

“这样就很好。你看，小壹给人的感觉就是很活泼。小零给人的感觉就是很文静。小壹适合短发，小零适合长发。”

她们互相端详。那一模一样的容颜原本是镜像的表里，现在却仿佛镜子有了裂痕。

“这样不好。”“这样不对。”“我们要一样。”“我们不变样。”“半斤八两。”“不相上下。”……

“好好，随便你们。那么，是把小壹的头发接回去，还是把小零的头发剪短。”我右手举起一把剪刀，左手举起一握长发。

“究竟是小零和小壹一样，还是小壹和小零一样。”我问。

她们对瞄了一眼，分秒不差地开口。

“小零和小壹一样。”“小壹和小零一样。”

“到底要怎么样？”

“长发不好玩。”小壹摇着头发，“你要剪短，和我一样。”

“短发不好看。”小零拈起发尾，“你要接长，和我一样。”

我的双手一震，剪刀和头发脱手而去，盘旋空中。

“别闹了，让我剪掉你的头发。”小壹说。

“别闹了，让我接上你的头发。”小零说。

两股力量猝然对撞，剪刀烂成一团铁渣，头发碎成一场纷纷扬扬的黑雪。

两个拧紧嘴唇的女孩。

那之后，无论什么事，她们都要唱反调。

碧空明朗。小壹说：“太阳真好。”小零说：“光真刺眼。”

我把泡面端上桌。小壹开心地说：“真好，又是泡面。”小零不满地说：“真烦，又是泡面。”

我问她们要不要出去玩，小壹欢呼，小零抱怨；看动画片时，小壹说感人，小零就说无聊；小壹站在亮处，小零站在暗处；小壹越是笑得欢畅，小零就越是冷得沉静。

起先可能只是赌气，但一点一点地，就像混沌的世界分出了清浊，环绕在她们身边的空气也不相往来。原本严丝合缝的两片齿轮，渐渐地不一、断齿、形变。

直到某一天，我偶然翻出手机里她们一个星期前的照片，才忽然发现她们的神情完全不一样了。那两张笑颜，一个更加阳光，一个变得阴郁。

只是长短发之分，这两个女孩就魔法般地截然不同了。她们不再是同一面镜子的表里了，倒更像是同一枚硬币的正反面。

“一个星期，你们还不和好吗？”我说。

小壹高傲地说：“是小零的错。”

小零冷淡地说：“是小壹的错。”

“你们打算这样到什么时候？”

“小零绝对忍不住的。她最怕寂寞。”“小壹绝对忍不住的。她最怕孤单。”“小零一个人的时候，总对着黑暗掉眼泪。”“小壹一个人的时候，总对着机器说笑话。”“孤苦伶仃。”“独木难支。”“孑然一身。”“形单影只。”……

仿佛互相较劲般说个不停。

“孤掌难鸣。”小零说完，又抢着说，“凤只鸾孤。”

小壹顿时哑然。

她们说话总是成双的，轮流开口。她们对彼此的词汇量心知肚明，不会出现一个说了一个词，另一个却接不上的情况。但现在，小零故意破坏了这个平衡。

小壹对不上来，涨红了脸，眼珠蒙上一层雾气。小零得意扬扬地抱着手臂。

“孤魂野鬼。”我提醒。

小壹眼睛一亮。小零眼神一冷。

我背后的墙被吹飞了。要不是小壹欢欣地在我上脸颊轻轻一吻，偶然替我挡下了这一击，我大概真成孤魂野鬼了。

“你为什么要杀他？”

“你为什么要救他？”

“小零，你最近很不对劲喔。”

“胡说，明明是小壹变怪了。”

“是小零！”

“是小壹！”

整幢大楼轰然倒塌，整片星空忽然出现在我脚下。小壹带着我飞上天空，小零尾随其后。

她们宛如两枚失控的导弹在市中心乱窜，某种无形的力量保护着我不被风压摧垮。她们一边对扔连根拔起的高楼，一边把一块块地面轰出巨大的圆洞。半个城市被她们眨眼间毁掉了。

她们随即冲出海，卷起巨大的水龙。海水倒退，海岸线为之变貌。她们一路杀过太平洋，顺手将几座无人岛从地图上抹掉，紧接着又把安第斯山脉打出一个断口。之后北上，在美洲大陆上辟开一条笔直的裂谷。

我居然还活着，真是岂有此理。

她们绕着环太平洋地震带肆虐了一圈，最终又回到原本的城市。面对面停下，总是一尘不染的雪白病服有些破烂。

“为什么你要庇护他？”

“为什么你非要杀他？”

“我不明白你。”

“我搞不懂你。”

她们同时沉默了。小壹握起了小零的发丝，小零扶着小壹的脑袋，嗅着对方的气味。

“你变了。”小壹茫然地说。

“你也是。”小零无助地说。

“你死了。”

“你也是。”

双胞胎女孩一直将对方视作自己的镜像，是自己灵魂的另一半。突然发现对方变成了一个陌生的人，那便和眼睁睁地看着自己死去没有两样。

不，比死亡更糟。

她们互相抚摸着对方的脸，低声呢喃，像是想捡回失落的什么。

“我们的心是一起的。”“我们的身体是一样的。”“从同一处出生。”“也将一起死去。”“无论死后一切虚无。”“又或有天国和地狱。”“我们都将同在。”“我们必会同行。”“因为我们的一切都是相同的。”“因为我们的一切都没有两样。”“说同样多的话。”“走同样多的路。”“流同样多的血。”“杀同样多的人。”“同气连枝。”“一体同心。”……

虽然这么说着，可她们之间本是不需要语言的，同一个灵魂是不需要的语言的。一旦她们开始对话，就证明她们之间产生了隔膜。

“但现在我们已经不一样了……”

“死后还能去同一个地方吗……”

小壹和小零彷徨四顾，像要找到返回某个地方的路。

“不能，我就是我，你就是你。”

“是啊，我不是你，你不是我。”

我以为她们会悲伤或是愤怒，甚至也做好了被她们杀掉的准备。但她们平静地接受了这个事实，就像领悟到了命中注定的死亡。

“那么，我就不需要你了，小零。”

“那么，你就无关于我了，小壹。”

小壹和小零倏地消失在夜空的远端，往相反的方向，像是化作了星辰。令她们的美好世界得以运行的齿轮，终于变形到了不得不崩坏的地步。

我的计划成功了。

我站上断壁残垣，仰望，想找出那颗将在一周后毁灭人类的彗星，最终迷失于满天星光之中。

人类濒临灭绝的最后一个星期，我也没闲着。我在大楼的废墟旁搭了一个简易小屋，还建了一个蓄水池，架起火堆，烧开水煮泡面。

这种时候就忍不住想，如果双胞胎在旁边就省事多了。和她们形影不离了大半个月，现在感觉就像是少了两个影子。

那她们呢？几乎一生在一起的另一半不在身边，会不会寂寞得发狂？

白天，有时小壹会过来与我聊天，随即像个泡沫般消失。

“珠穆朗玛峰顶的日出，果然与众不同，无与伦比！”她雀跃地告诉我，她所见到的一切有多美好。

广阔无边的世界、形形色色的动物和挣扎求生的人。

晚上，偶尔小零会过来喃喃自语，说完仿佛朝露般不见。

“喜马拉雅山巅的朝阳，真是了无新意，一无是处。”她无聊地告诉我。她所见到的一切有多不堪。

两个女孩交替着日夜，但我已经不再会把她们错认为一人，不会觉得是同一个女孩换着发型。同样的世界在她们的眼睛里截然不同。

“虽然这个世界的一切都很美好，但是小零不在身边，觉得有点遗憾。”小壹失落地看着蓝天。

“果然这个世界的一切都很讨厌，而且小壹不在身边，更加不愉快了。”小零惆怅地望着篝火。

我故意说：“但你们不是不再需要对方了吗？你们已经不一样了。”

“多亏你，让我明白，小零不是我。”小壹感谢地看我。

“全怪你，让我发现，小壹不是我。”小零厌恶地瞪我。

“才会发现，比起自己，我更喜欢小零。”

“才会明白，比起自己，我更喜欢小壹。”

就是这样。

如果世界上还有一个自己，有一个人经历着与自己的痛苦和美好，那就不会牵挂她，也不会思念她。因为，自己有自己就够了。

她们眼中的她是自己，依恋的她是自己，喜欢的她是自己。这对出生前就相依的女孩，如果到死也一直相伴，那就只是互相提供了一个虚幻的蛋壳，从没有真正地破壳而出。

没有降生到这个世界上，也就谈不上死去。反过来说，只经历了死亡的恐惧，才会有活着的实感。

所以，我才要毁掉她们的世界，让她们真正体验到死亡的分离，她们才会知道自己不如想象中幸福，知道自己实际上更加孤单弱小。

她们才会渴求那一握不在身边的手，想与之一同经历各种各样的事，无论美与丑。

这才是活在这个世界上真正的美好之处。

人类最后的时刻到来之前，小壹和小零回来了。她们在昼与夜交界的黄昏出现，十指紧紧相扣，像是挽住逝去的时光。她们不知在哪里找到了华丽的裙子，一个穿得像白色的公主，一个穿得像黑色的魔女。

我忽然有一种错觉，世界末日不是十几小时后，而是在下一个亿年。

“不说话？”“看呆了。”“果然是萝莉控。”“居然是恋童癖。”“有意思。”“没救了。”

“你们这两个没大没小的！”我假装发怒，被扔到了蓄水池子里。

“看过这个世界了吗？觉得怎么样？”我苦笑着爬出来。

“这个世界很不错，但也有点讨厌。”

“这个世界很讨厌，但也有点不错。”

“那么，拯救这个世界，好不好？”

小壹和小零互看了一眼。

“不愿意。”“没可能。”“得寸进尺。”“异想天开。”“无稽之谈。”“痴人说梦。”……

知道了世界的美好，拥有了人类的感情，然后原本身为兵器的女孩们决定拯救世界。难道不应该是这样吗？

“那是动画。”“你几岁了？”“知道了世界的美好。”“拥有了人类的感情。”“只会更死不瞑目。”“只会更怨天尤人。”“为什么我不得不告别这个世界？”“为什么我不得不来到这个世界？”

“拯救世界？”“拯救人类？”

“不能原谅这些让我死去的人类。”“不能原谅这个让我诞生的世界。”

她们清澈的眼睛，有审判众生般的通透眼神。

我无话可说。

05

人类毁灭倒计时中。

在无数划过天际的闪光相伴下，赤星一点点逼近，像是渐渐张开的血盆大口，要把整个世界一口吞下。

小壹和小零手牵手坐在我腿上，你一言我一语地闲聊着。

“虽然人类会毁灭，但别的生命会没事吧。”“只要过个几万年，地球一定还会复兴的。”“这么说来，人类没了，世界也会很美好。”“正是这样，人的存在，本来就没有必要。”“没海藻有用。”“比真菌无能。”

“多谢指教，”我忍不住说，“我们人类会在下一段进化史上努力占有一席之地的。”

“那么你呢？”“所以你呢？”

“我什么？”

“假如。”“如果。”“你幸存下来。”“但人类灭绝。”“你能活下去吗？”“你会去自杀吗？”她们擅作主张地自问自答。“你呀，肯定活不下去。”“你呀，没有求生意志。”

“先不说人类灭绝了我要怎么活下去，凭什么就说我没有求生意志。不然，你们以为在末日的这一个月里，我是怎么活下来的？”

“有我们活。”“没我们死。”小壹和小零毫不留情地说。

“等等，我承认没有你们，我恐怕早就死在哪里了。但是，这和求生的意志无关吧。别看我这样，我也是很想活下去的。”

“当真？”“骗人。”

她们一扬手，从废墟飞出一个空药瓶，落在她们手中。与她们初遇的几个小时前，我吃光了里面所有的药片。

“你不也想要结束生命吗？”“你不也希望世界毁灭吗？”

对，没错。

结婚五年的妻子告诉我她怀孕了。那段日子，我是世界上最幸福的人。我和她一起猜测孩子的性别，准备衣服和名字。她时常开玩笑地抱怨自己的腰变成了水桶，然而在我眼里，她轻轻抚摸微凸腹部的模样，永远都会是我记忆里最美丽的身姿。

这一切被一场车祸终结了。

即便是现在，回想起妻子最后的脸庞，我的手还是会不自觉地发抖。然而，肇事者也一起死在了事故里，我连能够仇恨的对象都失去了。

我开始整夜整夜地失眠，工作上连连出错，最后被劝回家暂时休假。一个人在家的时候，总觉得妻子会突然推门走进来，好像她只是偷偷溜出去散心解闷；又或许只是还在外面流连，没有想到回家。

我会忍不住走出家门寻找她的身影，在我们之前留下过回忆的每个地方，游乐园、海边、街道……城市的每一个角落。

寻找的同时，一个念头在我心里滋长。或许她已经抵达某个地方，在那里等待我的到来。我想用一种最不给人添麻烦的方式离开这个世界，着手从各种渠道慢慢搜集着安眠药。每往药瓶里投入一粒药，就有一种向购买彼岸船票的储蓄罐里投入硬币的幸福感。

双胞胎出现前的那一夜，全部的药片混着苦酒滑入我的喉咙。身体内仿佛出现了巨大的空洞，需要什么来填补。

但我终究还是没能死去，不知道在哪个环节出了问题。

我看到双胞胎时，几乎错觉自己到了另一个世界。她们虽然不是我的孩子，但如果妻子还活着，就一定不会对她们不管不顾。这么一想，我就无法对她们放手。

教会她们热爱这个世界、拯救世界，只是我为自己找了一个留在她们身边的借口。最终，我伤害了她们，将她们从自己编造出来的幸福中拉了出来。

但是，痛苦也好，幸福也好，只有活在这个世界上才能体会到实感。

我想活下去，哪怕人类注定毁灭，我也想挣扎着最后一个死去，想目送世界走向终点。

听完我的独白，小壹和小零对视了一眼，轻易地原谅了我对她们做的过分事。“可怜。”“好傻。”

我心底松了一口气，嘴上却说：“你们这么说一个大人，我可要生气了。”

“不过，祝你心想事成。”“那么，可别半途而废。”

她们嘻嘻一笑，牵着手转过身，用空着的两只小手，贴住了我的眼睛。

“你们干什么？我什么都看不见了。”

“想给你留个好印象。”“不想让你看我笑话。”

她们的小手一个滚烫，一个冰冷。

“到底怎么了？”

我想看看发生了什么事。可她们的手紧紧捂住了我的双眼。

“我们马上就要死了。”“我们终于就要死了。”“肌肉融解。”“神经烧毁。”“体液蒸发。”“骨头汽化。”“魂飞魄散。”“形神俱灭。”“化作清风。”“归尘归土。”

我一时脑海空白。“现在？”

“我们可以再多活一会儿。”“活到彗星毁灭人类。”“但那岂不是遂了博士的心意。”“怎么能从生到死都被人控制。”“我们不能决定自己的生。”“但我们能决定自己的死。”

“所以，我们不想活了。”“因此，我们应该死了。”“死到临头。”“命在旦夕。”“稍纵即逝。”“白驹过隙。”……

我一句话也说不出来，只能紧紧地把她们抱在胸口。她们说话时，那纤细娇小的身躯传来的振动，刺痛了我的心脏。

“这个世界的确很美好，但是我马上就要死了。不觉得很残酷吗？”

“这个世界真的很讨厌，但是我马上就要死了。实在是太高兴了。”

“这个美好的世界会随我一起毁灭。我实在想不到比这更完美的结局了。”

“这个讨厌的世界将和我一起消失。我实在想不出比这更圆满的下场了。”

她们的身体渐渐变瘦、变轻，捂住眼睛的手湿润柔软，有水滴从我的脸颊缓缓滑落，分不清是我的泪水夺眶而出，还是她们化成了眼泪。

有什么东西融化，透过衣服，渗进我的皮肤，流入我灵魂的空处。

“我不想拯救世界。”“但是不能放过你。”“所以你要活下去。”“无论如何不准死去。”“我们提前离开了世界。”“就有剩下的力量给你。”“那是能保护你的力量。”“世界毁灭也杀不掉你。”“找个地方躲起来。”“像熊的冬眠一样。”“就像你希望的那样。”“无论你绝望成哪样。”“活着。”“别死。”

“我感谢你让我看到的一切。”

“我讨厌你让我看到的一切。”

“在这个美好的世界存活下去。”

“在这个讨厌的世界挣扎下去。”

“这是我给予你的祝福。”

“这是我给予你的诅咒。”

“喜欢你。”

“讨厌你。”

一左一右，我的双颊印上了湿润的吻，随即又化成一缕幽烟。一阵风吹过，带走了她们的香魂，只留下两件衣服在我怀中。

还有那只不知在何时，被我紧紧握在手里的空药瓶。

我身体轻盈地环绕大地，仿佛被两个小小的天使左右护持。

我看见大群的飞机在夜空盘旋，迎向即将坠落的彗星。无数人点着蜡烛围在海岸与山顶，手挽手齐声唱着歌。有纵情的欢笑，也有尽情的痛哭；有拥抱的情侣，有释然的仇敌；有无所顾忌的暴徒，有不惜性命的英雄。

地面上的一切混乱与秩序，一切美好与丑恶，都逃不出我的视线。原来，小壹和小零一直就是用这样神一般的目光俯瞰大地。就在她们传递给我力量的同时，也有一小点记忆的碎片在我面前闪过。

即使把这些记忆放在最深的夜里，也能使无边的黑暗相形见绌。这个世界对她们的确太残酷了。我不能指责她们不愿原谅世界。

她们把最后的力量给予了我，从朝露般短暂的生命中分出了一点给我。也把最后的选择权交给了我。

如果我选择独自活着，那么我将能用这份力量缓缓地度过千百年的时光，甚至可能成为人类复兴的希望。

如果我选择拯救人类，那么我可以用这份力量阻止彗星的撞击，但那意味着我将因一瞬间耗尽生命力而死。

或许，无论是这个对待她们冰冷无情的世界，还是教会她们世界的美好与丑恶的我，对于她们来说都残酷又自私，所以才会给我留下如此两难的选择。

然而，当我熟悉了自己的力量后，才明白自己错了。

我察觉到了小零和小壹会在那一夜选择来到我房间的真正理由。

每当我日日夜夜思念亡妻的时候，脑海中散发出来的悲伤浸没了整个房间，甚至连我紧握过的药瓶都宛如墨汁涂染般漆黑。

她们好奇这种熟悉的负面情绪，降临到了被黑暗缠绕的我面前。

然后，拯救了我。

虽然她们本意并非如此，但确实阻止了我继续寻死的意志。一直以来，都是我被她们所拯救。这些日子，她们的身影一点点弥补了我内心的缺口，让我获得活下去的动力和勇气。

为什么我没有早点发现这件事？

至少我还可以道个谢，而不会像现在这样，用尽全部的力量也无法在空气中寻到她们残留下来的一个分子。

直到她们从我身边消失不见，我才发现自己有多爱这双胞胎，仿佛她们从出生时就已经是我的孩子。

如果我死了，就没有人知道小零和小壹在这个世界上存活过，没有人知道她们有多憎恨这个世界，又有多热爱这个世界。

而只要我活下去，即使放弃了这个世界上所有的人，凭着此刻的力量，仍然能创造一个更加美好的未来，她们也将永远不会被遗忘。

我当然想选择活下去，想要珍惜她们所拯救的我的生命。但是，我是在失去她们后才发现自己有多么幸运，才明白这个世界赠予过我何等的珍宝。

都已经太迟了。

那么，地面上的这些人呢？

他们在末日到来才知道憎恨，才知道忏悔，才知道哀婉，才知道感谢，才知道热爱，才知道生命的可贵和世界的美好。

不也一样太晚了吗？

所以，我想，如果所有人都能逃过这个灭顶的末日，回视面对毁灭时的痛苦与绝望，一定也会惊觉对世界的爱与留恋。

我有信心，这个世界将会变得更加美好，美好到值得我为之牺牲。

我写下我与双生少女共度的末日时光，在飞上高空的同时将纸如同蒲公英的柔毛般撒遍大地，让所有活下来的人都能看到她们的故事。

我越升越高，越飞越远，迎着那颗巨大的赤星，冲向深深的星海……